W0330149

Mord(s)geschichten

Inhalt / Wat dor insteiht

Vorwort

Krimis op Hoch un Platt, warrt dat wat? Jo, dat warrt wat! Dat is al wat, denn wi hebbt bi uns Vörlesen mitkregen, woveel Spooß Hoch un Platt mookt!

Seit zwei Jahren machen wir gemeinsame zweisprachige Lesungen und freuen uns jetzt auf unser erstes gemeinsames Buch. Bei uns in der Gegend werden beide Sprachen gesprochen, und wir haben einfach den Leuten aufs Maul geschaut, wie es so schön heißt. Vermutlich handelt es sich bei unserem Buch um das erste zweisprachige Krimibuch auf Hoch und Platt ... weltweit ;-) !

Dat beste Bispill sünd uns dree Wittfroons Gerda, Erna un Käthe. Ehr Hoor sünd sneewitt, so as de Wulken över 'n Diek, aver ehr Gedanken mitünner so swatt as de Koffie, den se foken tohoop drinkt.

Un dat geiht nich jümmer mit rechte Dinger to in'n Landkreis Groot-Düwelsfleth, wo de Vertellens ut dütt Book speelt, mitünner hebbt de dree ehr Fingers in'n Speel. Aver egentlich sünd se ganz kommodig Froonslüüd, du dröffst jem bloots nich argern!

Groß-Düwelsfleth ist das Bermuda-Dreieck im nassen Norden, denn die Rate der ungeklärten Todesfälle ist bemerkenswert hoch. Immer wieder verschwinden ein paar Zeitgenossen von der Bildfläche, die man gestern noch beim Bäcker, im Wartezimmer oder im gemütlichen Land-Café gesehen hat.

Wundert es da, dass Kommissar Oskar Flachmann, der ungekrönte König der nicht gelösten Fälle, und seine psychologiebesessene Assistentin Svenja Erlenbrook alle Hände voll zu tun haben?

In'n Dörpskroog warrt vertellt, dat Flachmann wegen sien paddelig Oort vun eene noorddüütsche Grootstadt in't ruhig Klütenmoor versett worrn is, wo he keenen Schoden anrichten kann.

Un he un sien Kollegin Erlenbrook hebbt dat nich eenfach mit de Lüüd in düsse Gegend, de tohoopholt as Höhnerschiet an Gummistevels. Allens is hier nich bloots mööglich, man in Wohrheit allens noch veel leger.

Es ist doch kaum vorstellbar, dass die nette Nachbarin von nebenan, die die ordentlichsten Rillen auf dem Friedhof harkt, eine Mörderin, die junge Gattin ein Satansbraten in Spitzenhöschen und das kleine Nest Klütenmoor der Sumpf des Bösen sind.

Der Fantasie der Dorfbewohner sind kaum Grenzen gesetzt, wenn es darum geht, unliebsame Zeitgenossen verschwinden zu lassen.

Und so versteckt sich der Düwel gerne mal hinter totgepinkelten Rosenbüschen an einer romantisch gelegenen Güllegrube, um seine bösen Pläne in die Köpfe der Dorfbewohner zu senden. Er taucht unter im deftigen Mittagseintopf, stromert durch üppig grünende Gemüsegärten, die nur auf den ersten Blick harmlos sind. Dann wieder lässt er sich den Fahrtwind der Fähre um seine böse Nase wehen, nachdem er zuvor ein wenig im alten Gemäuer eines Gutshauses herumgelungert hat. Ja, auch beim alteingesessenen Landadel sterben die Blaublüter wie die Fliegen.

Sülvst de ne'e junge Dokter Tischbein, de in Klütenmoor siene Praxis hett, weet, wat vun em verlangt warrt. Mit dat Utstellen vun eenen Doodenschien hett he keen Problem, eerst recht nich, wenn de Wittfroo smuck is!

Un ok de Veehdokter lett sik inwickeln vun de unschüllige blaue Ogen vun de Dörpslüüd. Un de hoolt tohoop, so as jümmers, denn veele vun jem hebbt Geheemnissen oder Lieken in ehren Keller!

Unglückliche Zufälle? Gibt es die in einem Landkreis, der Düwelsfleth heißt? Kann man da sicher sein, ob nicht auch hier der Teufel aus bloßem Übermut seine Finger im Spiel hat?

Die Helden/-innen aus unseren zweisprachigen Mord(s)geschichten bewegen sich wie an einem roten Faden auf dem gekonnt verwobenen Teppich aus zwei Sprachen, auf dem die Fußabdrücke der Mörder/-innen das vorherrschende Muster sind.

Un wenn de letzt Stünn kummt, is dat egol, op du Hoch oder Platt snackst, denn is dat sowiet! Wi hebbt veel swatten Humor in uns Vertellens binnen, de uns sülvst un uns Tohörers jümmer wedder to'n Lachen oder Grienen bröcht hett.

Un wi hööpt, in Tokunft ok uns Lesers! Veel Spooß wünscht wi jo!

Hedi E. Büttner (Hochdeutsch) &
Renate Kiekebusch (Platt), 2014

PS: To'n Sluss müchen wi noch seggen, dat uns Keerls al ganz lang un noch jümmer glücklich mit uns to-

hoop leevt. Wi hebbt rein gor nix gegen de Mannslüüd! All Vertellens sünd kumplett utdacht un rein gor nix is dorvun wohr.

Ok wenn't natürlich Schörtenjägers un Kurschattens geven deit.

PPS: In sehr dringenden Fällen stehen wir gerne mit Rat zur Seite.

Hausbesuche und praktische Mithilfe sind nicht möglich, da uns sonst Flachmann im Nacken sitzt und wir nicht in Ruhe weiterschreiben können.

Kräutlein fein

Wie schnell Menschen doch vom Erdboden verschwinden konnten! Schon war der Flieger in das Wolkengebirge eingetaucht, das an diesem Morgen weiß und fluffig wie eine riesige Portion Schlagsahne über Hamburg hing. Und verschwunden waren damit auch die Freifrauen Constanze und Clarissa von und zu Kettenhemd, die eineiigen Zwillingsschwestern von Clemens von und zu Kettenhemd, der sie ohne jeden Abschiedsschmerz zum Flughafen nach Fuhlsbüttel gebracht hatte.

Jetzt saß der Landadelige entspannt bei einer Tasse Cappuccino und lutschte den letzten Rest des Milchschaums genussvoll von seinem rechten Zeigefinger. Endlich allein! Er grinste breit, was seinem sonst so harmlos wirkenden Gesicht mit der hohen Stirn und den rosigen Wangen einen durchaus diabolischen Zug verlieh. In Zukunft würde er ein für alle Mal Ruhe haben vor den beiden Schwestern, die nie eine Gelegenheit ausließen, ihn wie einen kleinen dummen Jungen herumzukommandieren. Dabei war er doch derjenige, der die Fäden in der Hand hielt! Immerhin hatte sein Vater testamentarisch verfügt, dass Clemens als einziger Sohn die alleinige Bankvollmacht für ein nicht unbeträchtliches Vermögen erhalten hatte.

»Mein Junge, Geldangelegenheiten gehören in die Hände von Männern! Frauen können sich mit den schönen Dingen des Lebens beschäftigen. Mit dieser

Devise sind wir Kettenhemds immer gut gefahren. Wir Männer sind Jäger und Sammler, die Frauen kümmern sich ausschließlich um Kinder, Küche und Kirche. Hast du meine Botschaft verstanden, Clemens?«

Und dann hatte sein Vater wieder einmal die lange und noch langweiligere Familiengeschichte derer von und zu Kettenhemd heruntergebetet: »Unsere Vorfahren waren alle gut betucht, ihre ruhmreichen Verdienste reichen zurück bis ins Mittelalter. Vergiss das nie, mein Junge! Halte den Daumen auf unser Familienerbe! Frauen neigen zur Verschwendungssucht, sie sind unberechenbar!«

Ja, ja, dachte Clemens, es gab in der Tat eine lange Ahnenreihe, auf die er zurückblicken konnte: Vom verblendeten, aber mutigen Kreuzritter, der nur auf Augenhöhe mit gleichen Waffen gekämpft hatte, über den gnadenlos geldgierigen Gutsbesitzer bis hin zum skrupellosen Halsabschneider hatte das Geschlecht derer von und zu Kettenhemd alles vorzuweisen. Auch ein paar verbrannte Hexen und ertränkte Giftmischerinnen waren im Stammbaum zu finden – wenn man denn genau hinsah. Und von dem bemitleidenswerten Pyromanen Ansgar von und zu Kettenhemd, der im 19. Jahrhundert die Scheunen der Umgebung abgefackelt hatte wie Osterfeuer, erzählte sich die Landbevölkerung bis in die heutigen Tage Schauergeschichten.

Clemens allerdings hatte weder das Zeug dazu, bis an die Zähne bewaffnet erneut ins Heilige Land zu ziehen, noch verspürte er den geringsten Drang, mit Geld noch mehr Geld zu machen oder irgendeinen fleißigen Bauern mit immer höherer Pacht bis aufs Blut auszupressen. Auch ließ ihn der Anblick eines Zündholzes vergleichsweise kalt. Er und seine beiden ebenfalls unverheirateten Schwestern lebten von den anfallenden Zinsen und Einnahmen aus den verpachteten Ländereien in ihrem Gutshaus an der Düwel. Sie führten ein im Grunde finanziell sorgenfreies Leben.

Wie schön aber würde dieses Leben für Clemens erst sein, wenn er es nicht mehr mit Clarissa und Constanze teilen müsste? Er hasste ihr ewiges Herumkommandieren, diese permanenten Störungen, wenn er mit einer seiner heiß geliebten Lexikon-Recherchen beschäftigt war. Verächtlich taten die Schwestern seine komplexen Forschungsergebnisse als »Briefträgerwissen« ab, diese arroganten Gänse! Was war denn bitteschön verwerflich daran, wenn er alle paar Tage unter Zuhilfenahme einer handlichen Stricknadel die vierbändige Brockhaus-Ausgabe von 1922 traktierte, um zu dem so zielsicher aufgefundenen Artikel alles, aber auch alles an Informationen zusammenzutragen, was es darüber zu ergründen gab?

Die wunderlichsten Begriffe waren ihm bei dieser Arbeit unter die Nadelspitze gekommen. Unter »C« zum Beispiel die »Clarissinnen«. Gut, sie waren ein mittelalterlicher Frauenorden unter vielen anderen. Doch wer kennt schon ihre ungewöhnlichen Bestattungsmethoden? Sie setzten ihre Toten nämlich auf eine Art steinernen Toilettenstuhl, auf dem sich diese dann langsam aber sicher im Verlaufe des Verwesungsprozesses in einen darunter platzierten Eimer verabschiedeten. Ein nicht zu widerlegendes Bild der menschlichen Vergänglichkeit, das sich die frommen Frauen bei ihren täglichen Besuchen immer aufs Neue vor Augen führten.

Clemens hatte seine Schwester Clarissa vor diesem Hintergrund gefragt, welche Bestattungsform sie denn vorziehen würde, wenn es so weit wäre? Sie sei ja schließlich ein Jahr älter als er. Daraufhin hatte sie tagelang kein Wort mit ihm gewechselt, was mehr als erholsam war.

Constanzes Augen dagegen leuchteten auf, als er eines Tages den Begriff »Swamp« aus dem alten Schinken herausgepickt hatte. Ja, mit dem Thema »Sümpfe« hatte sie, die Natur- und Pflanzenbegeisterte, doch einiges anfangen können. Aber dieses Geplauder unter Geschwistern war eine absolute Ausnahme geblieben. Constanze hatte eben nur ein Ohr für die Natur, insbesondere für Heilpflanzen und Kräuter.

Clemens zog ein wenig umständlich seine Taschenuhr aus der Tiefe seiner Lodenhose, um den goldenen Sprungdeckel vorsichtig hochschnellen zu lassen. 9.30 Uhr, nun überflogen seine Schwestern schon die holländische Grenze. Auch aus einer Flughöhe von mehreren Tausend Metern waren die gläsernen Treibhäuser gut zu erkennen. Wenig später würde die Maschine bereits den Ärmelkanal überqueren, um dann nach etwas mehr als einer Stunde Flugzeit in London Heathrow zu landen.

Drei ganze Wochen hatte Clemens die beiden Schwestern genüsslich zappeln lassen. Er hatte seine Ohren auf Durchzug gestellt, wenn sie von dieser Reise erzählten, für die ihr knapp bemessenes Haushaltsgeld nicht reichte. Erst als sie deprimiert schwiegen, hatte er ihnen in einer Geste selbstgefälliger Überlegenheit das nötige Geld für diese Exkursion zu den schönsten Gärten Südenglands in die Hand gedrückt. Clemens genoss es jedes Mal, sie so abhängig zu sehen. Und ihm war klar, dass sie ihn dafür hassten.

Clarissa und Constanze schwebten auf Wolke sieben. Sie hatten im Flieger drei Sitze für sich allein ergattert und sich ein wenig ausbreiten können. Ihre Reise begann wirklich gut. Endlich waren sie ihrem vertrottelten und geizigen Bruder entkommen. Wer weiß, vielleicht würden sie ihn auch nie mehr wiedersehen? Hoffentlich ging ihr Plan auf.

»Du hast doch auch alle Schilder gut lesbar an den Blumentöpfen befestigt, Clarissa?«

»Natürlich habe ich das. Da, wo ›Petersilie‹ steht, sprießen ein paar harmlose Blättchen, die es aber gewaltig in sich haben. Und auch in den anderen Kästen, in denen wir unsere Küchenkräuter ziehen, wie Kresse oder Kerbel, wachsen jetzt zum Verwechseln ähnliche Pflänzlein, mit denen man relativ schnell einen ...«

Weiter kam Clarissa nicht, denn nun stand eine freundliche Flugbegleiterin mit ihrem schweren Rollwagen neben ihnen, um ihnen ein Frühstückstablett zu reichen.

Clemens von und zu Kettenhemd hatte die Stadt bereits hinter sich gelassen. Den obligatorischen Stau im Elbtunnel nutzte er für eine kleine Rauchpause mit einer seiner geliebten Havannas. Vergnügt paffte er vor sich hin. Das kurze Stück Autobahn in Richtung Stade mit der neuen Verbindung nach Brackhusen hatte er schnell hinter sich gebracht. Es ging doch nichts über eine gute Zigarre und wenig Verkehr. In knapp einer halben Stunde würde er wieder zu Hause sein. In *seinem* Zuhause! Das alte, von hohen Bäumen umstandene Herrenhaus hatte er nun endlich für sich ganz allein. Ein herrlicher Gedanke! In diesen zwei Wochen, in denen seine Schwestern in England von Gartenbeet zu Gartenbeet pilgerten, könnte er schon mal ausprobieren, wie es so ist, allein und ungestört zu leben.

Zweimal die Woche würde Meta Ahrens aus Klütenmoor angeradelt kommen, um die gröbsten Hausarbeiten zu erledigen. Aber das störte ihn nicht, weil sie ihn nie mit irgendwelchen Fragen belästigte, sondern einfach nur ihr Programm herunterputzte und am Ende das bereits abgezählte Geld vom Eichentisch nahm. Ohne viele Worte würde sie dann wieder den »Striepen« entlang, einer schmalen und kurvenreichen, aber sehr romantischen Straße parallel zum Düwel-Deich, zurück zu ihrem Erich radeln. Jetzt aber hatte die Perle des Hauses erst einmal vier Wochen lang Urlaub.

Frauen vom Zuschnitt einer Meta Ahrens gab es in Clemens' Augen leider viel zu wenige. Das waren weibliche Wesen, die einfach ihre Arbeit taten, den Mund hielten und einen gestandenen Mann nicht bei seinen hochwissenschaftlichen Recherchen störten. Aber noch war er zuversichtlich, dass ihm eines Tages genau dieser Typ von Frau begegnete, die ihm vielleicht auch eine neue Generation kleiner Kettenhemdchen stricken würde. Noch war es dafür nicht zu spät!

In einem Anflug plötzlicher Vitalität trat der Freiherr das Gaspedal seines alten Diesels voll durch. Das Vibrieren des Motors zog ihm angenehm bis in die Oberschenkel. Und höher! Hier auf der schnurgeraden Landstraße, wo mit bedauernswerter Regelmäßigkeit immer wieder ein Motorradfahrer in höllischem Tempo vor einen der Chaussee-Bäume kachelte, um im örtlichen Motorclub nicht als Weichei zu gelten, hier kam sein alter Wagen immerhin noch auf satte 110 Kilometer pro Stunde. Jetzt lag bereits das wuchtige graue Steinhaus vor ihm, in dem er vor mehr als fünfzig Jahren das Licht der Welt erblickt hatte. Noch ein paar Hundert Meter die lange Auffahrt zwischen den Pappeln hindurchgeruckelt, dann war er endlich wieder daheim, auf dem Stammsitz seiner Ahnen.

Die kleinen Kaffeebecher im Flieger waren so heiß, dass die beiden Schwestern sie nur mit spitzen Fingern anfassen konnten, dafür kamen die Brötchen aus der Kälte des Kühlschranks, und der Schnittkäse war steif wie ein Brett. Immerhin hatte man ihnen noch einen krümeligen Schoko-Cookie mit aufs Tablett gelegt.

»Was Süßes für später«, säuselte die Stewardess.

»Und du bist sicher, dass Clemens unser vertauschtes Grünzeug auch ernten wird?«

»Garantiert! Er wird unsere lang ersehnte Abwesenheit zum willkommenen Anlass nehmen, um sich endlich wieder seine heiß geliebte »Frankfotter Grie Soß« zu machen, die er damals bei seinem Freund Jörn Baron zu Haddeschweif kennengelernt hat. Du weißt schon, diese kalte Sauce, die laut Originalrezept genau sieben frische Kräuter enthalten muss.«

»Ist denn nichts dabei, was bitter schmeckt und ihn misstrauisch machen könnte?«

»Clemens' Geschmacksknospen sind durch sein ewiges Paffen längst abgestumpft. Außerdem genehmigt er sich doch zu jeder Mahlzeit seine zwei, drei Gläser Burgunder.«

»Ach ja, unser kleiner Bruder, der alte Sturzbecher ...«

Clemens rieb sich vergnügt die Hände. Leise vor sich hin pfeifend, machte er sich auf den Weg in den hinteren Teil des Gartens, wo die Schwestern der Natur ihren freien Lauf ließen.

»Ja, wo seid ihr denn alle, ihr feinen Giftpflanzen? Ja, wo seid ihr denn?«

Oh, dort drüben entdeckte er schon die lila Glöckchen des Fingerhuts, gleich daneben die gefiederten Blätter der Tränenden Herzen. Außerdem wuchsen hier noch Kirschlorbeer und Oleander. Die Lösung seines Problems lag wirklich direkt vor seiner Nase.

»Gegen alles ist ein Kraut gewachsen!« Hatten das seine botanisch ambitionierten Schwestern nicht oft genug zu ihm gesagt? Auch gegen lästige Verwandte! Zur Sicherheit bediente sich Clemens noch aus den Tablettenvorräten seiner Schwestern. Eine gehaltvolle Mischung aus modernen Erzeugnissen der Pharmaindustrie und todbringendem Grünzeug, das musste doch einfach klappen!

Langsam zog Clemens die oberste Schublade der laut vor sich hin brummenden Tiefkühltruhe auf, die im Gewölbekeller stand. Dort lagen all die kleinen Plastiktütchen mit den hausgemachten Kräutermischungen, darunter auch die für »Bruschetta extra scharf« oder »Kräutermischung mit Chilischoten«. Seine äußerlich unscheinbaren Schwestern pflegten nämlich eine außergewöhnliche Vorliebe für extrem scharfe Speisen. Im Unterschied zu ihm hätten sie vermutlich keine Probleme mit den Essgewohnheiten in Südindien, wo den meisten Europäern bei Genuss einer durchschnittlich gewürzten Mahlzeit lodernde Flammen aus dem Hals schlagen.

Während der Freiherr nun ein Tütchen nach dem anderen aus dem eisigen Fach nahm, murmelte er leise vor sich hin: »Ihr alten Kräuterhexen, euch werde ich es zeigen! Ich sehe euch schon auf dem Besen direkt zum Satan reiten.«

Spontan hatte er ein passendes Liedchen im Kopf. Ja, manchmal war er sehr kreativ.

Eibenzweig und Eisenhut,
tun den alten Schachteln gut.
Kräutlein fein, oh, Kräutlein fein,
bald werd' ich alleine sein!

Clarissa und Constanze teilten sich ein Zimmer mit Aussicht auf den wunderbaren Garten. Ein wahrer Blumenteppich breitete sich vor ihren Augen aus. Sie konnten sich gar nicht sattsehen an der bunten Pracht. Ach, all diese üppigen Rosenbögen, filigranen Vogeltränken und romantischen Liebeslauben! Und dann das herrliche Labyrinth aus Buchsbäumen, in dessen Mitte ein kleiner eiserner Aussichtsturm mit Wendeltreppe stand. Ein süßlicher Duft umwehte nun ihre spitzen Nasen. War das nicht das echte Geißblatt, das man in Norddeutschland auch »Jelängerjelieber« nennt? Nein, Geißblatt duftete viel zarter!

»Ist es nicht herrlich, Clarissa? So ein altes Anwesen mit einem wunderbaren Garten! Wir könnten doch auch Hausgäste aufnehmen, wenn uns Clemens nicht mehr im Wege steht. Was meinst du?«

»Ja, dann eröffnen wir ein richtiges Bed-and-Breakfast-Cottage. Vielleicht kommen so ja auch ein paar interessante Männer, äh, Menschen ins Haus.«

Constanze leckte sich genüsslich über ihre dünnen Lippen. Die Zwillinge kicherten und sahen sich tief in die Augen, gerade so, als ob die eine die Gedanken der anderen lesen könnte, während im Parterre des Cottage dumpfe Gongschläge zum Dinner riefen und ein Duft von Lammbraten heraufwehte. Wenn es jetzt noch zum Dessert »Death by Chocolate« gab, dann wäre dieser Abend einfach perfekt.

Clemens von und zu Kettenhemd arbeitete akkurat und sauber. Sicherheitshalber trug er dabei die Gummihandschuhe von Meta Ahrens, um auch nicht einen einzigen Fingerabdruck zu hinterlassen. Schnell hatte er Tüte für Tüte geöffnet, um den Inhalt gegen seine teuflische Mischung aus fein gehackten Giftpflanzen und pulverisierten Tabletten auszutauschen. Zum Schluss mengte er noch eine ordentliche Prise Chili oder Cayennepfeffer unter. Eine wirklich scharfe Mixtur, ganz so, wie Constanze und Clarissa es liebten. Hätte er nicht genau darauf geachtet, welche die bereits präparierten und welche die Originaltütchen waren, er hätte sie nicht mehr auseinanderhalten können. In einer fast feierlichen Handlung legte er die vergifteten Beutelchen wieder zurück an ihren Platz und schob die Schublade des Tiefkühlschranks zu.

Mit leichtem Schritt nahm Clemens jetzt zwei Stufen der Kellertreppe auf einmal. Hunger ist der beste Koch! Heute wollte er endlich sein Lieblingsgericht »Frankfotter Grie Soß« zubereiten, eine Spezialität, für die sich seine Schwestern nicht begeistern konnten. Schnell hatte er ein paar Eier gekocht. Und während auf dem altmodischen Elektroherd schon der kleine Topf mit den Kartoffeln vor sich hin köchelte, machte sich Clemens daran, seine geliebte Kräutersauce zuzubereiten. Sahne und Joghurt waren im Haus, und als er auf die große breite Küchenfensterbank blickte, standen da all die Kräuter, die in das hessische Nationalgericht gehören, fein säuberlich beschriftet nebeneinander.

War das immer schon so gewesen? Wahrscheinlich, aber er kam eben nicht oft in die Verlegenheit, selbst den Kochlöffel zu schwingen. Den schweren samtigen Burgunder hatte er bereits in die Dekantier-Karaffe umgefüllt, so allmählich lief ihm das Wasser im Munde zusammen.

Clarissa und Constanze standen sichtlich nervös unter dem »Arrivals«-Schild am Hamburg Airport und hielten Ausschau nach ihrem kleinen Bruder. Er tauchte nicht auf. Um die teure Taxifahrt zu sparen, gelangten sie schließlich mit S-Bahn, Metronom und dem Überlandbus bis zu ihrem abgelegenen Gutshaus. Das letzte Stück von der Haltestelle mussten sie zu Fuß bewältigen. Ohne jedes Murren zogen sie ihre Trolleys über die holperige Pappelallee. Als sie das große Eisentor mit dem vergoldeten Familienwappen hinter sich hatten, schlugen ihre Herzen schneller. An Clarissas Hals prangten jetzt flammrote Flecken, bei Constanze hatte ein nervöses Lidzucken eingesetzt. Die Schwestern nickten sich nur kurz zu, dann stiegen sie schweigend die breite Sandsteintreppe zum Hauseingang hinauf.

Im Haus herrschte Grabesstille. Sie riefen nach Clemens, ohne eine Antwort zu bekommen. Nach einem erneuten Kopfnicken steuerten sie zielstrebig die Küche an. Auch hier vom kleinen Bruder keine Spur. Auf dem Küchentisch aber stand eine Porzellanschüssel. Ein blaugrünes Plumeau aus watteweichem Schimmel bedeckte drei halbe Kartoffeln. Gleich daneben ein benutztes Gedeck, ein großes Burgunderglas sowie eine fast leere Weinkaraffe. Im tiefen Spülbecken fanden sie eine Glasschale mit den verkrusteten Resten einer grünlichen Substanz, garniert mit einem toten Nachtfalter.

Constanze machte sich sogleich an die Arbeit, ließ heißes Wasser einlaufen und spritzte ordentlich Spülmittel dazu. Und während ihre Schwester noch dabei war, das benutzte Geschirr gründlich zu säubern, hatte Clarissa schon alle Kräutertöpfe von der Küchenfensterbank nach draußen geschleppt, um deren Inhalt im Komposthaufen zu vergraben. Wo aber zum Teufel steckte Clemens?

Arbeit macht bekanntlich hungrig, und die Verpflegung auf dem Rückflug war mehr als dürftig gewesen: ein zu Tode paniertes Stückchen Hühnerbrust an klebrigem Reis, dazu ein paar schlaffe Salatblätter. In diesem Augenblick der großen Ungewissheit waren »Penne all'arrabbiata« – also Nudeln auf zornige Art – genau das Richtige! Schon ließ Constanze die langen Spaghetti in das brodelnde Wasser gleiten, während Clarissa sich um die Zubereitung der höllenscharfen Tomatensauce kümmerte. Auf dem Weg zur Kellertreppe hatte sie mit einer Schwindelattacke zu kämpfen. Was, wenn sie Clemens hier unten fand? Mit angehaltenem Atem und zusammengekniffenen Augen wankte sie die wenigen Schritte bis zur Tiefkühltruhe. Hastig zog sie die Schublade heraus und angelte gleich zwei Beutel mit der vertrauten Aufschrift »Extra scharf« aus der Eiseskälte.

Es war ein heißer Morgen, und Meta Ahrens schwitzte unter der körperlichen Anstrengung. Der Urlaub war endgültig vorbei, nun hatte der Alltag sie wieder. In einer knappen Viertelstunde würde sie die Schmutzwäsche der durchlauchten Herrschaften einsammeln, um sie in die fossile Waschmaschine zu stopfen. In diesem hochherrschaftlichen Haushalt suchte man vergeblich nach den modernen technischen Errungenschaften des 21. Jahrhunderts. Das war zweifellos eine Frage der Einstellung und nicht des Geldes. Wer Tiefkühlbeutel mehrfach verwendete und alte Seifenreste zusammenknetete, der hatte schon als Kind gelitten!

Meta trat fest in die Pedale, wobei ihre Kniegelenke fast das gleiche Geräusch machten wie das alte Rad. Aber wie sagte ihre Schwägerin in Swattenmoor immer: »Ein knarrender Karren fährt am längsten!« Zuallererst würde sie sich die Küche vornehmen und, wenn noch genug Zeit blieb, auch noch ein paar von den schrecklich hohen Fenstern putzen.

Merkwürdig, die wuchtige Eingangstür war unverschlossen. Beherzt trat Meta in die große, immer ein wenig dunkle Diele. In der Küche brannte Licht, das konnte sie durch die verglaste Tür erkennen. Ein ungewohnter süßlicher Geruch hing in der Luft. Sie klopfte laut und vernehmlich, aber niemand rief »Herein«. Langsam drückte sie die Tür zur Küche auf. Die adeligen Fräuleins saßen hinter ihren geblümten Mokka-Tässchen am Tisch. Sie saßen. Aber wie! Mit einem Schrei des Entsetzens schlug Meta die Küchentür wieder zu. Mit letzter Kraft wählte sie die 110, stammelte das Gesehene in den Hörer, bekam auch noch Namen und Adresse heraus. Dann wurde ihr schwarz vor Augen.

Als Kommissar Oskar Flachmann zusammen mit seiner Kollegin Svenja Erlenbrook das alte Herrenhaus am Rand von Brackhusen betrat, wurde das Ermittlungsduo von einem Schwarm blauschwarz schillernder Fliegen begrüßt. Das war kein gutes Zeichen.

Clemens war nach seiner ultimativ letzten »Frankfurter Grünen Soße« nach draußen in den Garten gehetzt, weil ihm plötzlich sehr übel war. Auch hatte ein unkontrollierbares Zittern am ganzen Körper eingesetzt, die Atmung war schnappend geworden und sein Mund schlagartig trocken. Am Geräteschuppen, im Gestrüpp eines wild wuchernden Knöterichs, hatte ihn die Kraft verlassen. Inmitten dieser grünen Idylle, gleich neben der großen Regentonne, warf er einen letzten Blick in den strahlend blauen Himmel, an dem sich in diesem Moment die weißen Kondensstreifen von zwei sehr hoch fliegenden Maschinen diagonal kreuzten.

»Schottland, Schottland! Das ist die Fahne von Schottland. Brockhaus-Ausgabe von 1923, Band S–Z, Seite 99ff.«, schoss es ihm für den Bruchteil einer Sekunde durch den Kopf. Dann aber war er auch schon in eine Welt hinübergewechselt, in der es vermutlich weder Lexika noch Zigarren und Rotwein gibt.

Als die Polizei den Freiherrn Clemens von und zu Kettenhemd schließlich aufspürte, guckten nur noch seine Füße aus dem Beet. Der Rest seines Körpers war eng umschlungen von der rankfreudigen Kletterpflanze, die gerade dabei war, einen ihrer winzigen Triebe durch den Siegelring an seiner rechten Hand zu zwängen.

Clarissa und Constanze hatten sich heißhungrig, ja regelrecht gierig über ihre mehr als großzügig bemessenen Portionen »Penne all'arrabbiata« hergemacht. Nach der langen Heimreise waren sie so hungrig, dass sie alle Tischsitten vergaßen und zu guter Letzt völlig ungeniert noch die fettigen Teller ableckten. Gegen die plötzlich einsetzende bleierne Müdigkeit brühten sie sich sicherheitshalber einen doppelten Mokka auf. Sie mussten ja wach bleiben, um den verschollenen Bruder zu finden. Der heftige Koffeinschub potenzierte jedoch auf wundersame Weise die Wirkung von Clemens' Spezialmischung: Noch vor dem letzten Schluck blieben ihnen die Worte im Halse stecken.

Für die Regenbogenpresse war diese Story ein gefundenes Fressen, denn so etwas hatte es im Kreis

Groß-Düwelsfleth (und auch in den Nachbarkreisen Stade, Cuxhaven und Rotenburg) bis dato noch nicht gegeben: gleichzeitiges Ableben von eineiigen Zwillingen beim Mokkatrinken. Meta Ahrens ist jetzt eine gefragte Interviewpartnerin. Sie erholt sich allerdings nur allmählich von dem ungewohnten Anblick ihrer ehemaligen Arbeitgeberinnen. Regelmäßige Besuche bei ihren Freundinnen Erna, Käthe und Gerda helfen ihr dabei, das erlittene Trauma zu überwinden. Die vier Frauen nennen ihr hausgemachtes Nothilfeprogramm scherzhaft die »Buttercreme-Therapie«.

Abgeschwollen ist auch die Beule an Metas Kopf, die sie sich bei ihrem Sturz in die kurze Ohnmacht geholt hat. Im Übrigen hält sich die Haushaltshilfe strikt an die polizeiliche Anordnung, die versiegelte Küche nicht zu betreten. Es gibt im Herrenhaus auch so genug zu tun. Einer der drei Verblichenen hat es versäumt, die Tür des Gefrierschranks im Gewölbekeller ordentlich zu schließen. Die umsichtige Meta hat daher alle aufgetauten Gefriertüten in den Hausmüll entsorgt und am Schluss das Strom fressende Monster gründlich mit Mundwasser ausgewischt. Nun ist alles klinisch rein!

Bis heute konnte der tragische Tod der drei Adeligen nicht aufgeklärt werden. Kommissarin Erlenbrook sieht die Sache streng psychologisch. In Bezug auf Constanze und Clarissa vertritt sie die These eines doppelten Selbstmordes. Der Verlust des geliebten Bruders habe den kinderlosen und überaus sensiblen Schwestern jeden Lebenswillen geraubt. Nach der gerichtsmedizinischen Untersuchung geht Kommissar

Flachmann allerdings davon aus, dass es sich um eine Verkettung unglücklicher Umstände handelt. Medikamentenmissbrauch und mangelnde Pflanzenkenntnisse hätten zum Tod der drei Geschwister geführt. Einig sind sich die Ermittler aber darin, dass nicht jedes Kräutlein so harmlos ist, wie es aussieht. Man sollte vor Genuss immer zweimal hinschauen!

Dank maßgeblicher Unterstützung durch einen alten Freund der Familie, den Baron Jörn zu Haddeschweif, kann im nächsten Frühjahr auf dem Landsitz des nun gänzlich ausgestorbenen Geschlechts derer von und zu Kettenhemd das größte Wellness- und Ernährungsberatungs-Zentrum im norddeutschen Raum eröffnet werden. Das umfangreiche Kursprogramm steht unter dem Motto »Gesund kochen mit Kräutern«. Zur Freude der heimischen Karnickel haben inzwischen Löwenzahn und Giersch mit der Rückeroberung des neu angesäten Meditationsrasens begonnen.

Hartpuckern

Düüster griese Regenwulken hungen över dat platte Land, een gräsig Wind joog de Wulken un dat regent as ut Ammers.

In de Wohnstuuv vun Käthe Schult in Klütenmoor aver wöör dat kommodig warm, vundag harr se mol wedder ehr Kaffeekränzchen. De Disch wöör scheun deckt mit dat beste Hutschenreuther Zwiebelmuster un in'n Kaminoven knaster dat Holt. Käthe harr ehre beiden besten Fründinnen Gerda Reimers un Erna Meier inloodt – all dree wöörn se domols op de Köökschenschool gohn.

»Ach, wat geiht uns dat wedder goot!«, süchts Gerda un lehn sik in ehren Stohl no achtern un strokel sik över ehren Buuk, wo al twee Stücken Marzipantort in Platz funnen harrn. »Diene Torten sünd doch de besten, ik much seggen in ganzen Landkreis Groot-Düwelsfleth!«

»Ach wat!«, meen Käthe. »Du kannst doch ok goot backen! Domols in de Köökschenschool harrst du doch ok jümmer 'n ›Een‹ in Backen!«

»Jo, aver düsse grooten Torten – un denn noch mit Marzipan! Ach wat, geev mi man noch een Stück, wokeen weet, wonehr wi wedder so jung tohoopkoomt! Schiet op de Weight Watchers!«

»Och jo«, meen Erna, »Käthe, geev mi man ok noch een Stück – vun den scheunen Botterkoken!«

De dree süchtsen deep un möken sik över den frischen Botterkoken her.

»Weet ji noch?«, fröög Gerda. »... den Botterkoken, de hett mien Erwin ok jümmer so giern eten. Mutt ik jedet Mol an dinken, wenn ik Botterkoken eet. Botterkoken mit önnich veel goote Botter un dick Zucker op. He wöör jo sowieso jümmer so för allens, wat sööt wöör! Ach jo, Erwin ...!«

»Un he harr jo ok önnich een poor Pund toveel!«, meen Erna spitz. »Een beten mehr Bewegen harr em ok woll goot doon, dat kummt dorbi rut, un nu is he al twee Johr doot! Nie nich no 'n Dokter gohn, as du vertellt hest - un denn mit 't Hart -«

»Jo, dat is so!«, anter Gerda. »Aver ik hebb jo allens noch versöcht em dorto to bringen, ik bün doch domols bi den Landfroons bi den Looptreff dor anfungen, weet ji doch. Wat hebb ik in de Tiet afspeckt, teihn Kilos - is jo nu al een beten her. Jeden Dag bün ik op'n Diek lopen, regen un eene goode Figur, aver ... mien Erwin hett nix markt. He seet jo ok de ganze Tiet vör 'n Fernseher un wöör an 'n Sportschau kieken. ›Ik bün Passivsportler, dat reckt!‹, hett he jümmer seggt. Denn dorbi siene Tüüt mit Chips mit önnich veel Fett un siene Buddels Beer, aver nich bloots een oder twee. Dat kunn jo ok nich goot gohn!«

»Wo wöör dat nochmol, as dien Erwin doot bleven is?«, fröög Käthe. »Dat wöör doch ok so 'n beten appeldwatsch!?«

»Ach, Deerns - dat weet ji doch!« - »Nee!«, rööpen dor de annern, »vertell doch nochmol, wi möögt dat jümmer so giern hören!«

»Ach Deerns, dat wöör jo an düssen Fröhjohrsmorgen, ik wull mol wedder lopen un harr Erwin denn ok mol so wiet kregen, dat he mol mitkomen schull. He hett toeerst jo nich mitkomen wullt, aver denn hebb ik em doch toletzt so wiet hatt. As wi denn op den Diek an 'n Lopen wöörn, dor so achter Breckhusen, weet ji, dor pack em richtig de Ehrgiez un he wull mi partout bewiesen, dat he ok as Passivsportler noch goot mithollen kunn. Un ik hebb jümmer noch froogt, wenn wi an een Bank vörbiköömen, wat he nich mol een Paus bruuk!«

Käthe schenk jem een Tass Kaffee no un geev Melk un Zucker rüm.

»Jo, un wat is denn passeert?«

»He wöör jo so unkloog, ik kunn dat jo al seen, he wull mi dat partout bewiesen, dat he mithollen kunn, ohn Training, ohn allens, sien Kopp wöör al puterroot, he füng an to jappen un ik sä noch – Erwin, sä ik, wüllt wi nich doch een Paus moken, du hest jo al eenen rooten Kopp!«

»Nee – sä he noch, dat kummt nich in Froog, ik warr di dat wiesen, dat ik bi di Olsch noch mithollen kann, ji jümmer mit joon Landfroonlooptreff, so wat Lächerlichet! Wat eenen önnigen Keerl is, de kann dor woll mithollen. So 'n Training as ji bruuk ik nich, ik bün as 'n önnigen Klütenmoorer Eekboom! Un tsü – denn hebb ik dacht, tschä ... denn loot em man!«

»Un wo lang is he noch wieter lopen?«, frööig Erna neeschierig.

»Na tja, so bi veer, fief Kilometer hett he woll noch dörhollen!«, vertell Gerda.

»Nich slecht«, meen Käthe anerkennend un Erna nickköpp: »Nich slecht!«

»Nee nee, nich slecht, aver denn is he mit ’n Mol tohoop sackt un hett sik nich mehr röögt! Doot as ’n Karkenmuus!«

»Oh Gottogott!«, rööp Erna, de de Geschicht över Erwin all to ’n drütten Mol höör: »Un wat hest du denn mookt!?«

»Ik?«, fröög Gerda, »wat schull ik denn noch moken?« Se röhr nodenkern ehren Kaffee üm. »Wat schull ik noch moken, ik wüss jo, dat he dat mit ’t Hart harr, wenn he nich op mi hören wull. Kloor, den Krankenwogen hebb ik anropen. Aver ji weet jo, dat de Krankenwogen ganz ut de Stadt kummt, un wenn hier boven eener eenen Herzinfarkt hett, denn is dat sowieso to loot.«

»Dat sünd de Folgen vun uns Gesundheitsreform!«, schafuder Käthe, »dat hebb ik jo al jümmer seggt!«

»Jo jo, dat hett mi de Dokter sülvst vertellt. Dat sä he woll üm mi to tröösten, nehm ik an, he sä ›Froo Reimers, dat deit mi leed! För ehren Mann köönt wi nix mehr doon. Aver he hett jo eenen scheunen Doot hatt, villicht is dat een Troost, he hett nich veel markt. Un dat Problem hebbt ji hier boven jo all in düsse Eck, wenn ji een Dokter bruukt, kummt de foken to loot, bit de hier allens funnen hett. Aver dorför hebbt ji de ganze Tiet hier boven jo ok jümmer billig wohnt!‹«

»Dat hett de Dokter seggt?«, froog Käthe.

»Hett he!«, anter Gerda, »aver he hett jo nu mol recht, dat is so! Jo, so wöör dat, as mien Erwin doot bleven is. Aver wat schall ik jo seggen ... de ganze Tiet, wo ik nu alleen bün, kann ik nu endlich moken, wat ik will, ik kann eten, wat ik will, henföhren, wohen ik will, in Fernsehn kieken, wat ik will. Ik hebb nie nich wedder Sport keken, siet de Tiet. Nich mol de Footballweltmeisterschap, dat geiht mi sowat vun an 'n Moors vörbi! Wat is dat scheun. Mi geiht dat echt goot!«

»Jo, dor hest du reinweg recht!«, menen de Fründinnen ut fullen Harten.

»Hebbt ji egentlich all höört vun düssen Katalog, wat ditt Busünnernehmen rutgeven hett, düssen Wellnessurlaub?«, fröög Erna. »Wat düch jo, schullen wi dor nich henföhren? Allens vun 'n Feinsten, segg ik jo, Vullpension, Massage, Sauna un hitte Steenmassage - un Ayurveda-Kuren. Allens in Pries mit binnen. Un den Oostsee direkt vör de Nees!«

»Un ... wat köst dat?«, fröög Gerda.

»Ach, över Geld snackt wi nich, weet ji wat - ik loodt jo in!«, rööp Käthe nu opreegt. »Ik hebb doch jüst den Mercedes vun mienen Korl verköfft un hebb een beten Geld över. Loot uns man all dree dor mitföhren!«

»Wat is dat, du hest den Mercedes verköfft?«

»Jo kloor, hebb ik noch ganz goot Geld för kregen! Dat reckt locker för düsse Week in de Oostsee. De witte Sand, ach ... ik seh uns al in'n Strandkorv sitten!«, swärm Käthe.

»Naja, wenn du di dat richtig överleggt hest un wenn 't Nödigen gor keen Enn hett, denn ...!«, meen Gerda, »denn seggt wi nich nee!«

»Aver, ik mutt doch noch mol nofrogen!«, sä Erna. »Woans büst du denn dorto komen, Korl sienen Mercedes to verköpen?«

»He bruukt em doch nich mehr, Korl is doch letzten Harvst doot bleven, toeerst harr ik jo dacht, ik kunn dat Auto sülvst noch föhren, aver ik hebb jo mienen lütten Golf, de reckt mi jo. Wat schall ik mit de grote Kutsch.«

»Dat stimmt! Aver segg doch nochmol, wo wöör nochmol mi dienen Korl?«, froog Erna no. »Is he nich ok op so'n appeldwatsche Oort vun den Welt komen?«

»Wat heet appeldwatsch? He is an een Vergiften vun Pilze doot bleven, so as mi de junge Dokter Tischbein seggt hett. Dat is een ganz normalen Doot. Dat wöör een traagschen Unfall sotoseggen. Korl wöör jo so een richtig verrückten Keerl mit siene Pilze. Jeden Harvst is he loslopen un denn hett he mi jümmer dör 't Holt joogt un ik müss mit em sammeln. Wo hebb ik dat hasst! Jümmer bi so'n gräsig Weer un denn kilometerwiet dör 't Holt, so lang, bit dat he sienen Korv vull harr. Woveel lever harr ik denn mit jo Kaffee drunken, stoots düsse wabbeligen Dinger to söken – un achteran müss ik em dor de ollen Pilze torechtmoken, kaputt snippeln un mit Schlotten broden! Ik sülvst hebb jo nienich Pilze eten ...!«

»Un woans kööm dat denn, dat so een erfahren Pilzsöker as dien Korl nu jüst an een Vergiften doot bleven is?«, fröög Gerda. »Dat is jo mehr as afsünnerlich!«

»Tja!«, meen Käthe liesen un keek in de Rund. »Dat is reinweg ganz gediegen, nich? Wo kann sowat angohn?«

Nodenkern röhr se in ehren Kaffee un kiek ut 'n Finster. Dor regent dat jümmer noch as ut Ammers.

»He kenn de Pilze jo nu sowat vun nipp un nau, he wöör jo reinweg een Experte. Sogor in'n Goorn harrn wi noch welke stohn, he hett dor jümmer op acht, dat de dor stohn bleven, he hett jem sotoseggen sammelt.«

»Un ... harrst du nich sogor seggt, ji harrn in'n Goorn ok mol sogor Knollenblätterpilze?«, fröög Erna neeschierig. »Mi is doch so, as wenn he dor mol vun snackt harr! Is dat nich so, dat dor vun eenen eenzigen Pilz een ganzet Peerd doot blieven kann?«

»Jo, dor hest du recht, dat is so. De sünd bannig giftig – un wi harrn de achter unsen Goorn in dat lütte Holt!«, anter Käthe.

»Un du ... hest du ... denn hest du den Pilz dor mit rinsneden?«, fröög Erna un reet ehre Ogen wiet open – schull ehre Fründin ...?

»Wat glöövst du denn?«, fröög Käthe batz. »Glöövst du, ik bring mienen Mann üm? Worüm schull ik dat woll moken. Mien Korl un ik – wi wöörn doch jümmer so eene harmonisch Ehpoor! Dat hebbt de Lüüd all weten! Wi hebbt jo sogor noch unsen veertigsten Hochtiedsdag groot fiert, op'n Sool mit Musik un allens! Kann keeneen wat gegen seggen, sünd all to jemehr Recht komen!«

»Jojojo – dat harmonisch Ehpoor kenn ik!«, sä Gerda nu füünsch. »Hett he nich veele Johren eene Fründin hatt, in de Stadt? So junge Deern? Kuum twintig Johren oolt, mit lange blonde Hoor un een kotten Rock, de wackel jümmer so mit 'n Moors op ehre Hackenschoh? Dien Korl wöör doch een Schörtenjäger!«

»Wokeen hett di dat denn vertellt?«, fröög Käthe, as wenn ehr eener vör den Kopp stött harr ...

»Jo, dat is wohr!«, schalt sik Erna nu in, de jümmer tohöört harr.

»Dat hebb ik ok fokener höört, toletzt bi Meta op'n Kaffee! Dor hebbt de Lüüd över snackt. Dat hebbt doch veele weten mit dienen Korl un siene Fisematenten ...!«

»Ach, Deerns - wat weet ji denn? Wenn he man bloots eene Fründin hatt harr!«, süchts Käthe nu. »Dat harr ik em jo vergeven kunnt ... aver he harr jo jedet Johr wedder een ne'e junge Deern, wo kann sowat angohn. Toletzt kunn ik 't nich mehr uthollen, wat hett he mi jümmer anlogen. Dorbi wöör he doch nu würklich ok keen Adonis! Mit siene poor Hoor op 'n Kopp un sienen Smeerbuuk. Dat he jümmer düsse jungen Dinger kriegen kunn ...«

»Geld mookt oole Mannslüüd jung un sexy!«, behaupt' Erna. »Un Geld harrn ji jo reinweg noog, dien Korl mit sienen grooten Boünnernehmen!«

»Dor magst du woll recht hebben!«, meen Käthe un schenk nochmol Kaffee no. »Veele kickt jo bloots op dat Geld un nich op de inneren Weerten. Jojojo!! Ik harr dat nich licht, dat köönt ji mi glöven ... all de Johren düsse Demütigen un düsse Lögen!«

Mit eenmol harr se Tronen in de Ogen, as de dor wedder an dacht, an all de unglücklichen Johren an de Siet vun Korl.

»Un denn wöör he jo so foken ünnerwegens op Messen un Utstellen un harr so ok Gelegenheit, dor annere Froonslüüd kennentolehren!«

»Jo, dat is nich goot, wenn de Mannslüüd jümmer ünnerwegens sünd, denn blifft de Familie op de Streck«, meen Erna. »Un ik hebb jümmer op mienen Johann töövt un to Dag- un Nachttied hebb ik em wat to eten mookt. Ik kunn denn ok jümmer nich slopen, wenn he noch nich in't Huus wöör! Un wenn he denn no Huus kööm, harr he jümmer bannig Hunger. Eenmol hebb ik em Klock dree een Snitzel broot, dat annere Mol wull he partout Rouladen hebben, de ganze Nacht hebb ik in de Köök stohn!«

»Un dat hest du di gefallen loten?«, fröög Gerda. »De Keerl is doch mall, Rouladen, dat duert doch een poor Stünnen!«

»Dat weet ik ok!«, gnatz Erna. »Aver wat schull ik denn moken. Jedet Mol, wenn ik nich so wull as mien Johann, hett he mi mit Scheden drauht. Un ik hebb doch keenen Beroop liernt un bün jümmer bloots för miene Familie dor ween! Wokeen schull denn unsen Levensünnerholt betohlen, wenn ik mi scheden loten harr?«

»Jo!«, stimm Käthe ehr to. »Dat wöör domols noch een beten anners, mit de Scheden, dat kann ik jo seggen. Op de Froons wöör doch richtig rünnerkeken, de dat nich schafft harrn, ehren Mann to holen! »

»Un ik müss würklich jümmer för mienen Johann proot ween, wenn ji weet, wat ik meen. Nich bloots koken!«, sä Erna un harr nu ok Tronen in de Ogen.

»Igitt, ik kann 't mi denken!« Dat wöör Gerda.

De Fründinnen nickköppen, se kunnen sik noch goot an düssen Choleriker besinnen, de Eh vun Erna un Johann wöör wohrhaftig nich harmonisch un goot ween, nich mol no buten. Nix dröff Erna, nich mol ehre Fründinnen to'n Kaffee inloden.

Erna wöör eenfach een beten dösig ween, domols – Johann harr so scheune blonde Locken hatt un so stramme Been. Dat harr sik denn mit de Tiet aver teemlich gau geven.

»Un woans wöör dat denn, as Johann doot bleven is?«, froog Gerda.

»Tja, he wöör jo jümmer veel ünnerwegens, he hett jo domols as Schachtmeester in'n Strootenbo arbeidt. Un wenn he Auto föhr, wöör he jo jümmer an't Eten! Op't Leevst hett he jümmer düsse lütten Pepermintbonsche eten, de dat in de Afteek gifft. Düsse lütten, ganz scharpen Dinger! Johann sä jümmer, solang as he düsse lütten Pepermintdinger eten dä, wöör he ok nich inslopen achtern Stüer«, verkloor Erna.

»Ik dacht, dien Mann harr een Unfall hatt, op de Autobohn un wöör gegen eenen Pieler knallt?«, fröög Käthe ungeduldig. »Wat hett dat denn mit dat Eten to doon?«

»Tööv doch af!«, sä Erna. »Tsü – un in de lütte Schachtel mit de Pepermintbonsche sünd woll – ganz ut Versehn – ok welke vun düsse Sloptabletten, de mi de junge Dokter Tischbein verschreven hett, mit rinröhrt worrn«, verkloor Erna. »Woans dat nu angohn kunn, weet ik jo bit to'n hüütigen Dag nich! Aver düsse Tabletten wöörn würklich goot, de Dokter hett se mi geven, as ik jümmer nich slopen kunn.«

»Un worüm hett dien Johann dat denn nich markt, dat he stoots Pepermintbonsche Tabletten in'n Mund harr?«, fröög Gerda nu.

»Woans schull he dat denn woll marken?«, fröög Erna. »He hett doch nich bloots eenen nohmen, man jümmer glieks een ganze Hand vull. He kunn jo nienich den Hals fullkriegen, so as anners in't Leven ok nich! Dat kunn he gor nich smecken. Jo, un kiek, denn is he noch een beten wieder föhrt, un denn achtern Stüer eenfach ganz sachts inslopen. Wupps, ut! Gegen eenen Pieler twüschen Hitfeld un Dibbersen.«

»›Die Autobahn ist nach einem schweren Verkehrsunfall in beiden Richtungen gesperrt. Ortskundige werden gebeten, die Unfallstelle weiträumig zu umfahren.‹ Dat wöör een Opstand, segg ik jo. Autobahnpolizei, kööm in den Norichten un allens! Wenn mien Johann dat noch beleevt harr, dat harr em wiss gefullen! Mit soveel Opregen vun de Welt. Dat hett nich jedereen«, vertell Erna stolt.

»Och jo, vörbi is vörbi! Aver he hett doch eenen scheunen Doot hatt, jüst so as dien Erwin, Gerda! Meist nix vun mitkregen ...«, meen Käthe.

»Genau, geiht doch nix över 'n scheunen Doot!«, wöörn sik de Fründinnen enig. »Un wi dree hebbt nu opletzt uns Ruh!«

Der doppelte Rittberger

Was für eine Nacht! Gisela blickte zu dem von Sternen übersäten Nachthimmel auf und atmete ein paar Mal tief durch. War das dort nicht die Venus, der Abendstern? Und auch die schmale Mondsichel, exakt wie mit einem Zirkel geschlagen, zog immer wieder ihren Blick wie magisch nach oben. Ach, so ein paar Tage auf dem platten Land waren einfach Balsam für Körper und Seele. Hier bekam sie den Kopf wieder frei.

Gisela rutschte ein wenig unruhig in ihrem Liegestuhl herum, verlagerte ihr Gewicht von der rechten auf die linke Pobacke, aber das Kneifen und Drücken ließ nicht nach. Dass sie aber auch immer mehr aß, als sie sich vorgenommen hatte. Endlich konnte sie sich Luft machen mit einem lang gezogenen Furz, der sich, begleitet von Froschkonzert und glucksendem Wasser, so anhörte, als hätte ein Blechbläser danebengegriffen. Sie kicherte. Herrlich! Hier konnte frau ganz Mensch sein.

Gelächter und Geschirrklappern aus dem am Ufer gelegenen Landgasthof waren inzwischen verstummt. In der Ferne schlug ein Hund an. Und irgendwo im Dunkel knallten zwei Autotüren. Leiernd sprang ein Motor an, dessen orgelndes Geräusch sich aber schnell in der klaren Nachtluft verlor.

Gisela, die bei ihren Freunden nur Gila hieß, strich sich mit beiden Händen über ihren vorgewölbten Bauch. Dann rülpste sie kräftig. Das war bestimmt die große Portion Gurkensalat. Frische Gurken musste sie immer wiederkäuen wie eine Kuh.

Der süffige Wein hatte wieder einmal dafür gesorgt, dass sie überhaupt nicht mehr auf ihren Magen hörte, der ihr schon früh gefunkt hatte: »Gisela, es reicht! Lass gut sein. Es steht keine Hungersnot vor der Tür. Morgen ist auch noch ein Tag!« Jetzt bloß nicht nachrechnen, wie viele Grillwürstchen sie sich auf den Teller gepackt hatte.

In Gesellschaft schmeckte es einfach doppelt so gut. Und ihre alte Freundin Betty war keine, die sich von drei Salatblättern, stillem Wasser und trockenem Brot ernährte. Betty konnte nicht nur ordentlich reinhauen, nein, sie trank auch wie ein Kerl.

Die Freundinnen kannten sich schon seit mehr als vierzig Jahren, seit sie gemeinsam im Eiskunstlauf trainiert hatten. Pirouetten, den Lutz, aber vor allen Dingen den rückwärts angeschnittenen Kantensprung, den doppelten Rittberger, hatten sie geübt. Nur ein einziges Mal war Gila dieser Sprung aller Sprünge überhaupt gelungen. Das war vor dem komplizierten Knöchelbruch.

Aber auch ihre Freundin Betty war nie aufs Siegertreppchen gestiegen. Die Aufforderung, im Paarlauf endlich mehr Körperarbeit zu leisten, hatte sie wohl falsch verstanden. Hendrik, ihr Sohn, war genau an dem Tag zur Welt gekommen, als die Russen zum x-ten Mal wieder alle Titel einheimsten, während sich die deutsche Mannschaft mit den undankbaren Plätzen vier und fünf begnügen musste. All ihre Träume von Ruhm, Erfolg und Medaillen waren dahingeschmolzen wie Vanilleeis in der Sonne. C'est la vie. Trotzdem waren sie unzertrennliche Freundinnen geblieben, auch ohne den Eiskunstlauf.

Gila seufzte, schon lange hatte sie sich ihren Hosenbund geöffnet und die neuen Mokassins unter den Deckchair verbannt. Was für eine fantastische Idee, dem hektischen Stadtleben für ein paar Tage den Rücken zu kehren. Sie hatte sofort zugestimmt, als Betty ihr den Vorschlag machte, ein schwimmendes Wohnmobil auf der Düwel zu chartern.

Ihre Freundin war direkt hinter dem Deich groß geworden, nicht einmal 200 Meter Luftlinie vom Fluss entfernt. Sie kannte hier jede Kuhweide, jeden Steg und Anleger. Und natürlich auch das alte Gut, wo man seit ein paar Jahren schwimmende Wohnmobile mieten konnte. Nun schipperten die beiden Mittfünfzigerinnen seit zwei Tagen ruhig und gemütlich auf der träge dahinströmenden Düwel.

Ein Fluss, der immer wieder sein Gesicht verändert und doch stets derselbe bleibt. Je nach Lichteinfall mäandert er, mal als asphaltdunkles Band, dann wieder als blaugrüne Schlange durch die flache Landschaft, bis er schließlich nach vielen Schleifen in die Nordsee mündet. In den Wintermonaten zieht er eine glitzernde Spur aus Eis und Schneekristallen, die in der tief stehenden Wintersonne oder dem kalten Licht eines blauen Mondes als heller Streifen aufleuchtet. Kein Wort gibt er preis von dem, was er seit Urzeiten in sich trägt. Beständig und mit der Regelmäßigkeit eines Uhrwerks hebt und senkt sich sein Wasserspiegel im Takt von Ebbe und Flut.

So eine Landpartie in einem Hausboot war auf jeden Fall eine ganz neue Erfahrung. Am Anfang hatte Gila noch versucht die vielen Schafe zu zählen, die auf dem Deich grasten, dösig wiederkäuten oder einfach nur blökend, wie vom Deibel gehetzt, über die begrünte Schräge flüchteten. Kinder waren lachend ein Stück auf der Deichkrone mitgelaufen und hatten gebrüllt, ob sie nicht ein Stück mitfahren könnten. Wären nicht ab und zu von fern das Tuckern eines Treckers oder das Knattern eines Mopeds zu hören gewesen, man hätte glauben können, die Zeit sei stehen geblieben.

Langsam war ihr schwimmendes Heim jetzt ein Stück dahingeglitten, angetrieben nur von der Strömung des Flusses. Der Lärm der Großstadt war unendlich weit weg. Hier gab es keinen Termindruck, keine Einladung zu einer Pflichtveranstaltung, wo man für einen guten Zweck je nach Trend rote, grüne oder blaue Wohltätigkeits-Cocktails schlürften musste. Hier auf dem Fluss gab es kein Hetzen und Jagen, keinen Shopping-Stress und keine Rush Hour.

Nach einer kurzen Einweisung durch den Bootsverleiher hatten Betty und Gila das schwimmende Heim schnell im Griff. Und »very British« stand der rundliche Freiherr mit seinem roten Backenbart und der kurzen Pfeife am Ufer, um sie herzlich zu verabschieden. Kilian Freiherr zu Wisch und Betty waren als Abc-Schützen vom alten Burmester in die Geheimnisse des Schreibens, Lesens und Rechnens eingeweiht worden. So etwas verbindet hier in der Gegend auf ewig.

Gila fühlte sich ein wenig wie auf einer Expedition durch die Everglades, als sie dicht am mannshohen

Schilf vorbeituckerten. Dunkel und geheimnisvoll sah das tintenschwarze Wasser aus. Und wenn hier plötzlich ein entlaufener Alligator auftauchte? Der könnte doch glatt auf ihr niedriges Deck klettern! Hatte nicht gerade in der Zeitung gestanden, dass so ein Tier in der Nähe von Hannover gesichtet worden war? Und dann die Geschichte von dem Dackel in Mecklenburg, der für sein Herrchen einen Stock aus dem Wasser holen wollte und von einem mannsgroßen Wels geschnappt worden war. Konnte so etwas nicht auch im Landkreis Groß-Düwelsfleth vorkommen?

Betty hatte Gilas Angst mit ein paar drögen Sätzen hinweggefegt.

»Du spinnst, meine Gute! Dir scheint die frische Landluft nicht zu bekommen. Zu viel Sauerstoff im Bregen. Du tüdelst ja schon richtig! Alligatoren und Dackel fressende Monsterfische?! Ja, genau! Zum Frühstück gibt es morgen Fünf-Minuten-Eier vom Krokodil! Und am Abend dann Wels-Rollbraten mit Dackelfüllung! Alles fangfrisch aus der Düwel.«

Gila musste lachen. Betty hatte wirklich recht. Die größten Gespenster der Angst produzierte man immer im eigenen Kopf. Gegen Mittag erreichten sie Brackhusen. Schnell war ihr schwimmender Untersatz am Anleger vertäut. Auf der Plicht, ihrem kleinen Minibalkon, tafelten sie wie die Königinnen, während ihnen vom Deichufer aus ein paar Jungbullen auf die Picknick-Teller glotzten.

Gila hatte Lachs, Krabbensalat, Parmaschinken und frisches Baguette aus dem teuersten Feinkostladen in Eppendorf angeschleppt. Dazu eine ganze Flasche Champagner von der berühmten französischen Witwe. Ja, aufs Geld musste Gila nicht achten. Das war nun mehr als reichlich auf ihrem Konto.

Nach dem Essen hatten sie es sich in ihren Liegestühlen bequem gemacht. Erst als die Nachmittagssonne ihnen prall ins Gesicht schien, erwachten sie aus ihrem narkoseähnlichen Tiefschlaf. Betty löste die Festmacherleine und Gila schmiss gekonnt den kleinen Motor an. Begleitet vom gleichmäßigen »Pött-Pött« der Maschine und gelegentlichen Zurufen von Deichspaziergängern, waren sie bis nach Groß-Düwelsfleth getuckert. Das Rangieren mit dem kleinen Schwimmmobil klappte so perfekt, als hätten sie nie etwas anderes gemacht.

Am nächsten Tag ging es weiter in Richtung Norden bis zur alten Prahmfähre, die an einem im Fluss liegenden Drahtseil noch von Hand von einer Uferseite zur anderen gezogen wird. Ihr nächstes Etappenziel war der Landgasthof direkt am Fluss, wo sich die beiden Damen für das abendliche Grillbüfett angemeldet hatten.

Betty war im Restaurant bekannt wie ein bunter Hund. Auch Kommissar Oskar Flachmann, ihre erste große Liebe aus Jugendtagen, war vor Ort. Mit der ihm so eigenen Beharrlichkeit hatte sie der Ermittler aus Groß-Düwelsfleeth immer wieder an die Bar entführt. Wie lange hatten sie sich schon nicht mehr gesehen! Ausgelassen feierten sie ihr unverhofftes Wiedersehen auf norddeutsche Art: Schnaps und Bier!

Spät in der Nacht hatte Gila einige Mühe gehabt, ihre Freundin zurück aufs Boot zu bugsieren, auch wenn das nur ein paar Schritte entfernt im fahlen Mondlicht auf der spiegelglatten Düwel lag. Pappsatt und ziemlich duhn hatte sich Betty lachend auf das stabile Kojenbett fallen lassen. Kurz darauf ertönte lautes Schnarchen aus ihrer Kajüte.

Gila machte es sich auf dem hölzernen Liegestuhl bequem und sah zu der dünnen Mondsichel hinauf. Aus der blauschwarzen Finsternis löste sich plötzlich ein großer Nachtvogel, der dicht an ihr vorbeiflog. Ein Frösteln durchlief ihren Körper, obwohl die Luft noch erstaunlich mild war. Um Gila herum war es still, lediglich das leise Glucksen des dunklen Wassers und Bettys Schnarchen waren zu hören.

Aber was war das? Wer schlich da auf dem Deich herum? Gila meinte tiefe Männerstimmen zu hören, ein heiseres und raues Husten. Auf ihren Unterarmen richteten sich die feinen Härchen senkrecht auf und ihr schlug das Herz bis zum Hals. Dann aber schob sich im Dämmerlicht des Mondes und der beiden Positionslampen der Schattenriss eines Rindes auf die Deichkrone. Gila atmete erleichtert auf.

Dieser kurze Augenblick der aufsteigenden Angst hatte schon ausgereicht, um all die verschütteten Erinnerungsbilder heraufzubeschwören, die nun wie ein Film vor ihrem geistigen Auge abliefen. Gila sah wieder alles genau vor sich.

Vor genau vier Jahren hatte es auch ein großes Büfett gegeben. Genauso wie an diesem Abend. Ein großes sommerliches Fressen, zu dem ihr Mann Peter alles, was Rang und Namen hat, eingeladen hatte: Bürgermeister, Ratsmitglieder, Geschäftsfreunde und natürlich auch ein paar Kreative waren zur Einweihung des neuen Einkaufszentrums erschienen. Ja, ihr Peter war ein sehr umtriebiger und erfolgreicher Bauunternehmer, der viel in Bewegung setzte. Nur nicht sich selbst!

Immer kurzatmiger und behäbiger war der Baulöwe geworden. Während sie früher so manche Nacht mit ihm durchgefeiert hatte, tanzte ihr Peter heute nur noch um das goldene Kalb »Geschäftserfolg«. Dabei war vieles auf der Strecke geblieben: Zeit für Zweisamkeit, für Gespräche und Augenblicke der Nähe.

Und dann hatte Peter ihr eine Jahreskarte für eine neue, sehr exklusive Wellness-Oase neben den Frühstücksteller gelegt. Sein überaus originelles Geschenk zu ihrem 50. Geburtstag.

»Ja, du, alles Gute dann ... und äh, ja, herzlichen Glückwunsch! Hier, das solltest du auch mal ausprobieren. Funktioniert nach der sogenannten ›VRM-Methode‹, der Vitalpunkt-Reflex-Massage. Hat Christine, ich meine Frau Uhlmann, meine Sekretärin, im Internet gefunden. Sie ist ganz verrückt danach. Ja, wie soll ich sagen? Die Uhlmann ist wie umgewandelt. Keine Ahnung, was da mit ihr gemacht wird. So, jetzt muss ich aber los. Mach dir einen netten Tag.« Dann war er auch schon aus dem Haus.

Gila war tief gekränkt. Ja, so weit waren sie damals schon gewesen, dass Peter das Geburtstagsgeschenk für sie von der Sekretärin aussuchen ließ! Ein zweiter, noch größerer Nachtvogel rauschte an ihrem Hausboot vorbei. Jetzt meinte Gila fast den Lufthauch des Flügelschlags auf ihrer Haut zu spüren. Ja, ihre

Haut war sehr sensibel! Das hatte auch Paulo, der junge Masseur aus der Wellness-Oase »La Donna Vitale«, sofort bemerkt. Gila schloss die Augen und dachte an die warmen, kräftigen Hände des jungen Brasilianers, denen sie sich nun Woche für Woche anvertraute.

Schon beim zweiten Wellness-Termin war der junge Physiotherapeut ganz nah an sie herangekommen. »Isse gut so?«, säuselte er ihr heiß ins linke Ohr. Wie auf Knopfdruck setzte da ein Kribbeln auf ihrer Haut ein, das sich prickelnd über den ganzen Körper ausbreitete. »Lasse Augen zu«, hatte ihr der junge Mann nun zugeflüstert, und ehe Gila begriff, was geschah, war er auch schon ganz sanft mit seinen schlanken Fingern an den Innenseiten ihrer leider Gottes arg gedellten Oberschenkel entlanggeglitten. Ja, genauso hatte das mit Paulo und ihr angefangen. Damals, vor genau vier Jahren.

Nach diesen wunderbaren Massagen hatte sie sich so gut wie lange nicht gefühlt. Selbst ihr viel beschäftigter Mann ließ sich zwischen zwei Kundenterminen und einer Bauabnahme zu einem Kommentar hinreißen: »Diese VRM-Massagen scheinen ja ein wahrer Jungbrunnen für dich zu sein, meine liebe Gisela.« Da hatte er auch schon laut die Haustür ins Schloss fallen lassen.

Nein, sie war nicht mehr »seine liebe Gisela«. Sie war nun Wachs in den Händen eines anderen. Ja, ein wahrer Jungbrunnen, das war ihr kleiner wilder Kneter vom Amazonas wirklich! Er war jeden Cent wert, den er von ihr bekam. Und bestimmt würde Paulo ihr im nächsten Monat auch die 900 Euro zurückgeben, die er so dringend für seine kleine kranke Schwester gebraucht hatte ... Ach, was war schon Geld? So ein langes Leben war eben viel zu kurz für eine einzige Liebe! Sie war verknallt bis über beide Ohren in ihren südländischen »Vitalisten«, der sie jedes Mal so richtig rannahm.

In diesem Augenblick holten sie die unangenehm zwickenden Träger ihres Büstenhalters aus den Erinnerungen zurück. Mühsam fummelte sie den Rückenverschluss auf, worauf ihr Körper sofort dem Gesetz der Schwerkraft nachgab. Da musste frau stark sein! Alles im Sinkflug! Das, was frau gut am Hintern hätte gebrauchen können, schien sich am Bauch festzukrallen. Warum macht es sich der Wohlstandsspeck nur immer an den falschen Stellen bequem?! Obwohl ... Ihren süßen Paulo schien das nicht zu stören. Wie oft hatte er ihr glaubhaft versichert, dass er jedes Pfund an ihr von Herzen liebte?! Das ging runter wie Öl.

Natürlich half sie da gerne, wenn im fernen Brasilien diesmal eine Cousine oder die alte Urgroßmutter Paulos schwer erkrankt waren. Auf sie war schließlich Verlass! Und während Gila Schein für Schein hinblätterte, hatte sie der junge Adonis geölt und gestreichelt, was das Zeug hielt. Sie war süchtig nach seinen Berührungen. Ein Leben ohne Paulo konnte sie sich nicht mehr vorstellen.

Zum Glück hatte ihr Mann Peter vor lauter Termindruck noch gar nicht bemerkt, dass sie in so kurzen Abständen relativ große Summen vom gemeinsamen Privatkonto abgehoben hatte. Aber was nicht war, das konnte ja noch kommen. In Geldangelegenheiten kannte Peter kein Pardon, er würde sie gnadenlos zur Rede stellen. Allein bei der Vorstellung wurde ihr kotzübel. Im Zuge einer besonders intensiven Massage und einer besonders hohen Geldsumme waren sie und Paulo daher zu dem Schluss gekommen: Peter muss weg!

Und wie von selbst hatte sich ein perfekter Plan ergeben, wie man den lästigen Gatten ein für alle Mal entsorgen konnte: Nichts war einfacher, als ihn nach dem Büfett anlässlich der Einweihung des neuen Einkaufszentrums vom Dach des integrierten Parkhauses hinabzubefördern. Das würden sie schon schaffen, Gila und Paulo, das neue Traumpaar.

Und dann war der Augenblick gekommen, der für dieses teuflische Vorhaben nicht hätte besser sein können. Als die Gäste längst gegangen waren, hatte sich Gila, ganz die liebende und bewundernde Gattin, bei ihrem Mann untergehakt und ihn gebeten, noch einmal ganz allein mit ihr auf das Parkhausdeck zu steigen, um von dort aus über den hell erleuchteten Hafen zu blicken.

Im Schein der Treppenhaus-Notbeleuchtung waren sie die vielen Stufen hinaufgeklettert. Mit von Stolz geschwellter Brust und nicht mehr ganz nüchtern hatte Peter dann mit ihr hinter der provisorischen Balustrade gestanden und auf den Hafen, das immer noch unfertige Opernhaus und den tief unter ihnen liegenden großen Vorplatz des neuen Zentrums geblickt.

»Gisela, ist das nicht herrlich? Das ist mein Werk. Hier liegt uns Hamburg zu Füßen.«

»Ja, die Aussicht ist einfach fantastisch, Peter.«

Und fantastisch war in diesem Augenblich auch, dass sich Paulo lautlos von hinten heranschleichen konnte wie ein Panther. Da war wieder dieses Kribbeln auf ihrer sensiblen Haut, aber diesmal waren nicht die begnadeten Hände ihres Lovers schuld daran. Nach dem kräftigen Stoß hatte sich Peter noch einmal mit wild fuchtelnden Armen in der Luft gedreht. Für den Bruchteil einer Sekunde meinte Gila im hellen Mondlicht ein erstauntes Aufleuchten in seinen Augen erkannt zu haben. Dann aber war sein Schrei im lauten Getöse des gerade einsetzenden Feuerwerks über dem Hafen untergegangen. Mitten im noch trockenen Marmorbrunnen war er aufgeklatscht.

Gisela hatte mit offenem Mund und weit aufgerissenen Augen in die Tiefe geblickt. Dann drehte sie wie in Zeitlupe ihren Kopf und sah zu ihrem Entsetzen in eine teuflisch grinsende Fratze. Paulo musste im Augenblick des gemeinsamen Mordes eine Wandlung vom Engel mit göttlichen Händen zu einem Satan mit raffgierigen Krallen gemacht haben.

Gila war einer Ohnmacht nahe. Nun hatte ihr Latin Lover sie ein für alle Mal in der Hand. Er würde sie ausnehmen wie eine Weihnachtsgans. Selbst wenn er sie fallen ließ wie eine heiße Kartoffel, um sich mit einer Jüngeren zu vergnügen, sie bliebe für immer und ewig erpressbar.

Ach, ja, die Männer! Gila seufzte und sog tief die frische Nachtluft durch ihre kleinen Nasenlöcher, während etwas großes Dunkles, vielleicht ein Baumstumpf oder der aufgeblähte Kadaver eines Schafes, nah an der Bordwand vorübertrieb. Sie fröstelte wieder. Frau musste immer gut aufpassen, dass man ihr nicht das Heft aus der Hand nahm. Liebevoll streichelte sie sich über ihre kräftigen Oberarme, die zum Glück noch keine sichtbaren Anzeichen von schlabberndem Winkespeck hatten.

Gila griff rechts neben ihren Liegestuhl, um die Flasche Champagner aus dem Kühler zu ziehen, die sie eigentlich noch als Absacker mit Betty hatte trinken wollen. Dann setzte sie den dunkelgrünen Flaschenhals direkt an die Lippen. Mit einem spöttischen Auflachen dachte sie: »Ich werde mit jedem Kerl fertig, aber Hallo!«

Es war für sie relativ einfach gewesen, Paulo nach dem gemeinschaftlichen Gattenmord nah an sich heranzuziehen, um ihm dann ins Ohr zu säuseln: »Du bist mein Leben. Ich werde dir alles geben, bis dass der Tod uns scheidet.« Dabei hing sie schmachtend wie nie an seinem Hals. Gerne war der junge Masseur mit den begnadeten Händen und dem jetzt so diabolischen Blick ihrem Wunsch nachgekommen, sicherheitshalber noch einmal in die Tiefe zu blicken, ob sich der platte Peter auch wirklich nicht mehr rührte.

Weit hatte er sich nach vorne gebeugt, den schönen muskulösen Hals lang über die Brüstung gereckt, beide Füße standen auf den Zehenspitzen, die sie ihm in ihrer Liebesdösigkeit so leidenschaftlich gern geküsst hatte. Gila nahm ihre ganze Kraft zusammen, genau wie damals als junge Eiskunstläuferin, als ihr ein einziges Mal der doppelte Rittberger gelungen war. Und schon hatte sie Paulo mit festem Griff an beiden

Unterschenkeln gepackt und mit Schwung über die Kante gekippt. Wie ein großer Nachtvogel war er mit weit ausgebreiteten Armen in die Tiefe gerauscht, begleitet von den nicht enden wollenden Böllerschüssen des nahen Feuerwerks.

Wie in einer einstudierten Choreografie war ihr Latin Lover exakt neben dem platten Gatten gelandet. Dicht nebeneinander lagen sie nun stumm und schwarz auf dem weißen Untergrund. Bizarr verdreht wie zwei fremdartige Schriftzeichen einer gänzlich unbekannten Sprache. Bei diesem Anblick war Gila wie ein böser Blitz »Zwei auf einen Streich« durchs Hirn gezuckt, aber dann stürmte sie auch schon kreischend vom Dach des Parkhauses zurück ins Treppenhaus.

Im Parterre waren noch ein paar Leute vom Catering-Service beim Aufräumen. In den starken Armen eines attraktiven Aushilfskellners brach sie schließlich schluchzend zusammen. »Ja, ich bin eine untreue Ehefrau. Aber ich wollte heute Abend alles klären. Ich habe Peter meinen Seitensprung gestanden. Er hat mir alles verziehen. Aber dann ist mein Liebhaber, also mein Ex-Liebhaber, dazugekommen, und sie haben sich schrecklich um mich gestritten. Paulos Temperament ist mit ihm durchgegangen, aber auch mein geliebter Ehemann ist wahnsinnig eifersüchtig geworden. Es kam, wie es kommen musste: Die Männer haben sich gegenseitig in die Tiefe gerissen. Ich stand absolut hilflos daneben. Ich bin doch nur eine kleine schwache Frau.«

Im Zweifinger-Such-System hatte der ältere Polizist ihre Aussage in den PC gekloppt. Die Sachlage war eindeutig: ein tragisches Eifersuchtsdrama. Der Gerichtsmediziner bestätigte die Aussage der Witwe. Beide Männer waren fast auf die Minute genau zum gleichen Zeitpunkt gestorben.

Männer konnten ja so gutgläubig sein! Selbst der Staatsanwalt, der solche Fälle von Eifersucht zur Genüge auf den Tisch bekam, zweifelte nicht einen Augenblick an Gilas Schilderung des Abends. Peters Lebensversicherung war ihr also sicher. Die insgesamt 19.000 Euro, die sie ihrem Paulo geliehen hatte, die musste sie allerdings wohl oder übel als »Fehlinvestition« verbuchen.

Bei Paulos Beerdigung stellte sich heraus, dass ihr einfühlsamer Latin Lover als Paul Anton Pütter, einziger Sohn einer portugiesischen Krankenschwester und eines einheimischen Busfahrers, in Köln-Nippes das Licht der Welt erblickt hatte. Er war eben nicht nur ein begnadeter Masseur, sondern auch ein ausgezeichneter Schauspieler gewesen.

Trotzdem, jedes Jahr am 29. Juni, dem Namenstag von Peter und Paul, fährt die »Doppelwitwe« nun mit zwei Sträußen zum Friedhof nach Ohlsdorf, um Peter, dem Ahnungslosen, und Paul, dem Scheinheiligen, ein paar frische Blumen zu bringen. Ein schlechtes Gewissen quält sie nicht. Beiden Männern hatte sie schließlich nur versprochen, so lange an ihrer Seite zu bleiben, bis dass der Tod sie scheidet!

Wulk söven

Wat för 'n scheunen Sommerdag harrn de dree tofootkregen! Bi wunnerboren Sünnenschien wöörn Erna, Gerda un Käthe nu endlich an de Oostsee föhrt. Wellness in dat Fief Steern Luxushotel, dat Käthe ehre Fründinnen utgeven harr - se harr jo jüst noch een beten Geld över, nu wo se den Mercedes vun ehren Korl - selig - verköfft harr.

Endlich harrn de dree Fründinnen nu Tiet funnen, mol tohoop lostoföhren, se wöörn jo düchtig in Freizeitstress twüschen all dat Umbüdeln, de Kaffeekränzchen, de Volkshochschoolkursen un Theoterbesööke. Allens mööken de dree Froonslüüd ut Klütenmoor nu tohoop, siet de Tiet, wo se all dree Wittfroons wöörn.

Erna versack mit ehre Hackenschoh, de se anners bloots no 'n Schützenfest antreck, meist in den dicken rooten Teppich, Gerda keek sik den künstlich Kamin un de Blomen an, in de Tiet harr Käthe de Formulare an den Tresen utfüllt un geev ehre Fründinnen de Zimmerkorten.

Alle dree keken sik ehre Hotelzimmer an un mööken af, sik in eene Stünn in de Wellnesslounge vun dat Hotel to dropen.

»Wat geiht uns dat doch wedder goot!!«, süchts Gerda un plätscher mit ehre Fööt in den grooten Hotelpool. Blangen den Pool geev dat eene Bar, wo een sik wat to drinken holen kunn, Saunen un Fitnessruum blangen an, allens nobel un gediegen. Blomen överall.

»Wat is, Deerns, wüllt wi nochmol 'n beten rutswimmen?«

»Ik nich, ik bliev lever hier, wo ik noch stohn kann, ji weet al ...«, rööp Käthe, de nich swimmen kunn, »swimmt ji beiden man los, ik kumm nich mit!«

Allens in'n Pries mit binnen, hitte Steenmassage, Sauna, Vullpension – jo, de dree wullen sik dat mol so richtig goot gohn loten.

Käthe klatter nu ut dat Woter rut, wickel sik in den dicken kuscheligen AROSA-Bodmantel in un möök sik dat op de Ligg blangen den Pool kommodig, in de eene Hand een Glas Woter, in de annere Hand de »GALA«.

Jo, so kunn 'n dat Leven uthollen!

Se süchts, so goot harr eer dat wiss nich jümmer gohn, sünnerlich nich to de Tiet, wo se noch mit ehren Korl – selig – verheiraadt wöör. Nee, wiss, mit Korl wöör dat nich jümmer licht ween, aver nu wöör se em jo los. Un wöör noch nich mol so swoor ween, wenn se dor genau över nodach. As se nu so an Korl dach, kunn se sik een lieset Grienen nich verkniepen, wo scheun wöör dat nu alleen to ween, jüst so as ... Käthe blöder in de »GALA« ... Heidi ...

Kiek, Heidi Klum hett sik nu doch scheden loten. Un mit den ne'en Macker is ok allens wedder ut! Wi scheun, dat bi de Froo ok nich jümmer allens klappt, dach sik Käthe. Worüm schull de ok scheun ween, klook un erfolgriek ok noch? Un denn jümmer in'n Fernsehn. Dat wöör toveel op eenmol un nu müss ok Heidi kieken, wie 't wietergüng.

So as se sülvst, Käthe. Ehr Keerl wöör so foken achter annere Froonslüüd ran ween, de all so utsehn harrn as düsse Heidi, dünnet Klappergestell mit lange blonde Hoor, dat Käthe dat opletzt nich mehr uthollen harr un sik sülvst hölpen harr. Dat wöör nu lang her, Gottloff - nee, mit Keerls wull Käthe nix mehr to doon hebben.

Egentlich.

Naja, in dütt Nobelhotel lööp villicht doch noch de eene oder annere rieke Keerl rüm, so richtig harr se sik aver över dat Thema noch keene Gedanken mookt.

Aver nee, mit de Leev wöör se dör! Bloots noch Roh hebben un mol mit den Fründinnen wat moken! Keen Hartpuckern mehr, aver ok keenen Arger!

In düssen Momang kööm een Mann üm de Eck un stüer op de Ligg blangen Käthe to.

»Ist hier noch frei, gnädige Frau?«, fröög he. »Gnädige Frau, ts!«, dach Käthe - mit 'n Mol bün ik eene gnädige Froo, bloots wo dat Hotel so düer is, so gau kann 't gohn!

»Jo, seker, ik töön op keenen!«, meen Käthe kott.

»Ach, Se snackt Platt, dat is jo ganz famos!«, meen de Keerl un grien Käthe vergnöögt an. »In miene Heimot op 'n Dörp hebb ik mit miene Grootöllern ok jümmer Platt snackt, wenn ik jüm besöcht hebb.«

»Aha!«, meen Käthe un blöder in de GALA, he schull marken, dat se keen Intresse harr an siene Familiengeschicht.

»Dat is 'n Ding, mit düsse Heidi Klum, wat?«, greep de Kavalier blangen Käthe dat Thema wedder op. »Dat bi so 'ne Lüüd ok mol wat malöört, mutt 'n sik doch wunnern. Wenn Se mi froogt - dünnet Klappergestell mit lange Hoor. Naja, wokeen will denn ok mit so 'n Domina verheiraadt ween ...?«

Käthe keek den Mann blangen ehr nu doch an, mmmh – villicht doch nich so unsympathisch. »Wokeen will ok mit 'n Keerl verheiraadt ween, de SEAL heet?«, fröög Käthe un grien.

Tominnst harr he de sülvige Menen över Heidi Klum.

»Ik segg jümmer, de schull doch düsse Christian Rach heiraden, de beiden passt goot tohoop«, snack de Mann wieter. »Jedenfalls schient dat so in Fernsehn ... de beiden sünd ut eenen Holt, weet beid allens beter!«

Käthe nickköpp un keek em eerstmol an, unopfällig – so vun de Siet. – Siene kotten witten Hoor wöörn noch full, in sien Öller keen Sülvstverständlichkeit! Wenn se noch an ehren Korl – selig – denkt, de harr bloots noch dree bit veer Hoor hatt. Vun links mit Swung över de Stiern kämmt.

Käthe wanner mit de Ogen gau över den Lief op de Ligg blangen an. Ünner den Bodmantel wöör keen Buuk to sehn, de Fööt, de ünnerrut keken, sehn önnich ut, nich krumm un scheef un – nichmol Nagelpilz! Noch een Pluspunkt, dach Käthe.

»Intresseert Se sik denn för Promis?«, fröög Käthe verbast. »Meist hebbt de Mannslüüd dormit jo nich veel to doon? Ik lees de »GALA« anners ok bloots bi 'n Putzbüdel, dat is mi anners to düer!«

»Naja, ut Spooß kiek ik dor ok mol rin!«, meen de Mann. »De Tietschriften liggt bi mi jo in de Praxis un wenn ik mol een beten Tiet hebb ..., kiek ik to 'n Entspannen ok mol rin!«

In de Praxis - mmmh - wöör he Dokter? Dat wöör jo nu doch intressant! Frogen schood nix!

»Ach, sünd se Masseur oder hebbt se eene Praxis för Footpleeg?«, fröög Käthe neeschierig.

»Nee, ik bün Radiologe, ik hebb eene groote Praxis!«, anter de Keerl blangen ehr.

Käthe keek em nu in't Gesicht: blau Ogen, Lachfalten. Würklich - nich unsympathisch. Ganz un gor nich unsympathisch. Groot un stattlich wöör he ok. Breedet Krüüz, so eener to 'n Anlehnen. Un: Radiologe, wöörn dat nich de Dokters, de an 'n meisten Geld vun alle Dokters harrn? Käthe harr mol sowat leest ... meen se sik to besinnen. Un denn sogor noch eene egen Praxis, Dunnerslag!

»Dat is jo intressant, dat is wiss een ganz verantwortungsvullen Job!«, bewunner Käthe den Mann blangen an.

»Naja, jedereen mookt siene Arbeit!«, meen de Mann bescheiden un fröög nu Käthe: »Un Se, vertellt Se mi - sünd Se dat eerste Mol hier?«

»Jo, dat is so, ik bün dat eerste Mol hier, mookt aver eenen goden Indruck, allens ganz önnich un rein!«

»Ganz önnich un rein? Ik bitt Se - dat AROSA is *dat* Spa-Resort an de heel Oostsee, dat gifft nix Betert un nix Exklusiveret as düsset Hotel. Ik versöök tominnst dreemol in't Johr hierher to komen, hier kann ik an 'n besten afschalten un mi vun mienen Stress verhollen. Ik hebb tomeist de Suite no vörn rut un kann den scheun op de Oostsee kieken. Hier geiht mi dat richtig goot!«, vertell de Radiologe.

In den Momang kömen Gerda un Erna anpaddelt. Harrn de sik nich noch een beten mehr Tiet loten kunnt, jüst nu wo de Snack scheun in de Gang komen wöör?

Käthe süchts liesen för sik. Jümmer in'n verkehrten Momang!

»Huhu, Käthe! Hier sünd wi!« Erna wink mit ehr Handdook. »Wat is, wüllt wi noch in de Sauna?«

»Nee, du – nu vör 't Eten nich mehr so giern, denn warr ik to mööd!«

De Radiologe stünn op un möök eenen lütten Diener no Käthe hen. »Na, denn will ik de Domen nich länger stören ... un Se – sünd also Käthe!« Mit eenen charmanten Lächeln grien he to ehr hen un verafscheedt sik mit »Wi seet uns wiss loter bi 'n Eten, Käthchen!«

Weg wöör he.

»Wokeen wöör dat denn? Käthchen?? Hest du em kennt! Dat is jo meist utverschoomt!«

»Nee, woher dat denn. Loot man, de wöör ganz önnich. He hett mi hier ansnackt wegen Heidi Klum un so. Wi hebbt uns ganz nett ünnerhollen, he is Radiologe un hett eene groote Praxis!«

»Kiek di dat an, uns Käthe!! Kuum loot wi ehr fief Minuten ut de Ogen, hett se glieks eenen Keerl an 'n Hals!«

»Ach, wat ji jümmer hebbt, Keerl an 'n Hals!«, gnatter Käthe un arger sik aver doch een beten, dat de Fründinnen so gau ut 'n Woter komen wöörn un de Snack nu so gau een End funnen harr. Aver se wöörn jo noch een poor Doog dor. Villicht de Radiologe ok?

Pünktlich Klock söven dröpen sik de Fründinnen in dat Wintergoorn-Restaurant mit Blick op de Oostsee.

»Bi 'n Buffet is jümmer dat Wichtigste: ophören, bevör dat anfangt wehtodoon!«, geev Erna de Fründinnen noch mol 'n gooten Root mit op 'n Weg.

De Utwahl wöör groot, alleen de ganzen Kässorten, sowat geev dat jo nu nich bi den Hökerloden in Klütenmoor. Edamer, Tilsiter, Botterkääs, fardig. Mehr bruken de Klütenmoorer nich, af un an noch mol Camembert.

»Deerns, dat smeckt, dat is nich to glöven!«, süchts Erna lies un pack sik doch noch 'n Stück pochierten Lachs mit Spinot op ehren Teller, blangen an witten Ries un bunte Sauce. »Ach wat süht dat goot ut!« Wat för 'n Wien schullen se nehmen?

»Dröff ik jo wat anroden?«, kööm dor vun 'n Nohbordisch eene bekannte Stimm. »To den Lachs is de Chardonnay blanc passlich, de smeckt allerbest, hebb ik güstern ok al drunken!«

»Scheunen Dank, de Herr!«, anter Erna, de nich wüss, wat se anners seggen schull. Un to Käthe ganz lies: »Dor is doch wedder dien Keerl!«

He seet ganz alleen an sienen Disch, nich wiet vun de Fründinnen af, un keek af un an no de dree röver un möök een fründlich Gesicht.

De dree Fründinnen eten vun allen, wat se eten kunnen, aver opletzt pass eenfach nix mehr rin. »Nu bruukt wi eenen Afsacker! Gifft dat hier ok oder eenen önnigen Boonekamp?«, fröög Erna.

»Du, dat glööv ik nu jüst nich. Loot uns man eenen Aquavit drinken oder villicht eenen Fernet Branca, dat hölpt ok goot gegen den vullen Mogen!«

»Och – de stiggt mi meist to Kopp!«, gnicker Gerda, de al vun den Wien eenen rooten Kopp harr. »Dat mookt doch nix, hier kennt uns doch keeneen!«, menen de Fründinnen.

Een Aquavit, doch op een Been kann 'n bekanntlich nich stohn, de dree snatterten un gnickerten vör sik hen, twüschendör puusten se doch mol önnich dör – de Buuk wöör doch teemlich vull.

De Radiologe vun 'n Nohbordisch wöör opstohn un bleev an ehren Disch stohn, he harr eenen witten Antog an, de meisten Mannslüüd sehn mit witte Antöög meist ut as Lackaffen, jedenfalls no een bestimmt Öller, dach Käthe. He aver nich, he seeg richtig goot ut – för sien Öller! Een smucken un stattlichen Keerl, würklich wohr.

»Den Fehler mookt wi all an 'n eersten Dag – wi meent jümmer, dat wi allens proberen mööt! Se hebbt jo ok mit Aptiet eten!«, meen de Mann. »Dat gefallt mi, ik mag giern Froonsminschen, de geneten köönt, wokeen goot eten kann, de kann ok anners geneten, na denn – scheunen Obend noch, de Domen, oder seet wi uns noch bi 'n Cocktail an de Bar?«

»Mag ween!«, anter Käthe un wink em no, wull aver doch eerstmol lever bi de Fründinnen blieven, de jümmer noch an 'n Disch för sik hen puusten un sogor noch överleggen, wat nich doch noch eene Kugel Ies rinpassen kunn.

»Nee, Deerns – för mi nich mehr! Ik will no 'n Wiemen, in Fernsehn kummt glieks de dreehunnertste Folge vun ›Verrückt nach Liebe‹, de verpass ik nie – deit mi leed, Deerns – morgen is ok noch een Dag!«, verafscheed sik Gerda vun de annern beiden.

»Goote Nacht, ji beiden!«

»Un wi beiden?« Käthe un Erna keken sik üm. »Wullt du ok al no 't Bett?«

»Ik weet ok nich so recht!«, överlegg Erna. »Wat düch di, wüllt wi noch 'n beten an de Luft?«

»Jo giern, loot uns man noch een poor Schritt moken an de Luft, is so scheun lurig buten, un Erna - kiek mol - de Vullmoond. Wat is dat romantsch vunobend!?«

De beiden Fründinnen hoken sik in un spazeern de Strandpromenad rünner, so goot as Erna man in ehre Hackenschoh lopen kunn. De Moond stünn över den Strand un eene ganze Tiet lang stünnen de Froons an 'n Strand un keken to, as de Wellen sacht an 'n Strand spölen. No 'n Tiet wöör Erna denn doch koolt, beid harrn keene Jack mitnohmen. Se güngen wedder üm un güngen trüch no dat Hotel.

»Wüllt wi uns noch gau an den Kamin een beten wat opwarmen?«, meen Käthe un beid loten sik in dat Kanapee vör de Kamin fallen un strecken de Fööt vun sik.

»Wat is dat hier fein!«, süchts Erna. »So 'n Kaminoven, den harr ik ok giern to Huus. Un ganz ohn Holt, wi mookt de dat bloots!? Dat Holthacken is jo nix för 'n Froo as mi!«

»De is elektrisch, gnädige Froo!«, kööm dat vun achtern, de witte Antog weer wedder dor, ogenschienlich wöör he ok op 'n Padd ween.

»Dröff ik mi een beten to jo beiden Hübschen setten?«, fröög de Radiologe un rück sik den Stohl blangen de beiden Fründinnen torecht, de dor nix gegen harrn.

»Muchen ji ok giern eenen Cocktail drinken, ik geev eenen ut!«

Erna kenn sik nich so ut mit Cocktails un wull so as in Klütenmoor eenen KGB bestellen, aver Käthe meen, sowat harrn de hier wiss nich. Kööm geev dat nich in so 'n Nobelschuppen un eerst recht keene geele Bruus.

De Radiologe harr de Cocktailkort al holt un bestellt vör all Caipirinha. Duer nich lang un se wöörn in'n kommodig Snack, so as wenn se sik al johrlang kennen.

De Radiologe stell sik vör, he heet Werner Westphal un kööm ut Neemünster, gor nich so wiet vun de Oostsee. Siene Froo wöör al vör dree Johren doot bleven, he arbeidt aver jümmer noch as Radiologe in de groote Praxis, ok wenn he woll all lang in Rente gohn kunn, de Arbeit hoolt em fit un jung, vertell Werner.

Een Leven ohn Arbeit kunn he sik nich vörstellen. Oder noch nich, un all gor nich, so lang as he alleen wöör. »Op mi töövt jo obends keeneen!«, süchts he un keek Käthe dorbi lang in de Ogen.

De dree seten tohoop, vun den Alkohol un den Kamin wöör dat önnich warm, Käthe treck ehre Kostümjack ut. »Mi is meist 'n beten schummerig!«, meen Erna no den tweten Caipirinha. »Ik bün sowat gor nich gewohnt ... weest mi nich böös, aver ik goh rop!« – »Jo, ik ok!« Käthe wull opstohn un rüüsch op ehren Stohl hooch.

»Käthe – doot Se mi den Gefallen un danzt noch eenmol mit mi in de Bar?«, fröög de Radiologe liesen un keek ehr deep in de Ogen, dor kunn Käthe nich nee seggen, ok wenn se johrlang nich mehr danzt harr. De Pianist an de Bar klimper liesen vör sik hen, de Obend wöör eenfach perfekt un Käthe kunn sik nich an besinnen, wonehr dat mol so scheun un ok opregend ween wöör.

Ut den eenen Danz wöörn twee, dree. Käthe överlegg noch, wat dat ok richtig wöör, hier den Obend alleen mit eenen frömmen Keerl to verbringen, den se jüst kennenliernt harr. Aver in Werner sien Arms wöör dat warm un Käthe lehn sik an de breete Bost un föhl sik eenfach glücklich. He wöör doch würklich nett, so ganz anners as ehr Korl.

Worüm harr Korl nich ok so ween kunnt, as düsse Werner? Intelligent, witzig, riek ...

»Du danzt wunnerbor, Käthe!«, murmel Werner in ehr Ohr un geev ehr liesen eenen Söten op de Back. »Ik weet, wi hebbt uns jüst kennenliernt, aver ik froog mi de ganze Tiet, wo lang dat her is, dat ik mol eene Froo as di dropen hebb ... Meist is mi so, as harr ik all lang op di töövt!«

No den drütten Caipirinha eene Stünn loter wöör Käthe froh, dat dat eenen Lift to ehr Hotelzimmer geven dä, de Trepp harr se nich mehr schafft. Leeg dat nu an 'n Alkohol, an Werner oder an beid? Oder an de Leev?

Mann, ik warr mi doch nich mehr verknallen!, dach se – mit meist söventig, ik bün nich mehr söventeihn! Dat dach se ok jümmer noch, as Werner ehr vör de Döör mit siene weken Lippen eenen Söten geev un ehr Back strokel: »Sloop goot, bit morgen, Käthe!«

Wat för 'n Gentleman, dach Käthe bi 't Inslopen – un se harr em funnen! Un Neemünster wöör jo gor nich so wiet vun Klütenmoor, wenn 'n dor genau över nodinkt!

An annern Dag bi 'n Fröhstück dropen se sik all wedder, Werner seet wedder an den sülvigen Disch blangen de Fründinnen, de sik dat Fröhstück mit all de Spiegeleier, den Käs, de krossen Rundstücker un wat noch allens smecken loten.

Den ganzen Dag harrn de Fründinnen mit ehre Anwendungen to doon, Ayurveda-Massagen, Aqua Power un Fitness. Se köömen opletzt doch meist in't Puusten, för Werner harr Käthe den ganzen Dag över keen Tiet. Wat schood doch, naja, de Obend wöör jo ok noch dor. De Obend güstern wöör so scheun ween, Käthe wöör jümmer noch op Wulk söven. De beiden annern kunnen sik den ganzen Dag nich de lütten Anspeelungen verkniepen, aver se günnen Käthe jo ok den Spooß, oder villicht sogor noch een beten mehr?

Beid wüssen jo, wo swoor se dat hatt harr mit ehren Korl, de jümmer achter annere Wiever achteran ween wöör. Een beten Glück, doch dat günnen se Käthe vun Harten un säen ok nich, dat se mit ehr den Obend verbringen wullen.

No dat Obendeten in dat fein Restaurant wöörn Käthe un Werner verswunnen un Erna un Gerda günnen sik noch een Wien un eenen Afsacker an de Kaminbar un hören den Pianisten een Tiet lang to. Toletzt meen Erna, dat Geklimper güng ehr doch nu bi lütten op 'n Geist, se schullen man lever no boben gohn un gor nich mehr op Käthe töven, de harr wiss ehren Spooß mit Werner.

»Weest wat wi beiden nochmol mookt?«, fröög Gerda. »Erna, wi goht nochmol no de Utsichtsterrass. Lopen will ik nich mehr veel, aver rutkieken, dat köönt wi noch, ok mit vullen Buuk, oder?«

De beiden föhren in de achte Etoosch vun dat Nobelhotel, wo een de beste Utsicht harr över den feinen Goorn mit de Rosen, den Strand un de Stadt.

»Segg mol, wo loot is dat egentlich bi lütten?«, fröög Gerda un keek in den Vullmoond.

»Klock halvig een! Wi hebbt aver ok lang snackt!«, meen Erna. »Na, denn loot uns man!«

Jüst as de beiden no de Zimmer rünnerföhren wullen, kööm luut Tatütata üm de Eck, de Krankenwogen, Dokter achteran, beid rin in'n Hotel.

»Dor is jo woll nix mit Käthe?«, fröög Erna. »Nich dat se an 'n End noch vun Wulk söven rünnerfullen is?«

»Nee, ach wat! Komm man, de kann woll op sik sülvst oppassen!«, anter Gerda un hook Erna in, tosomen föhren se mit den Lift in ehre Zimmer rünner un kuschelн sik in ehre Betten un freihn sik al op dat Fröhstück an ehren letzten Morgen in dütt scheune Hotel.

Käthe kööm an 'n Morgen nich to 'n Fröhstück rünner. Gerda un Erna wöörn toletzt doch unruhig un kloppen an ehr Döör. Dat duer een Tiet, denn möök Käthe de Döör op, se harr noch ehr Nachthemd an un seeg önnich slecht ut. Düüstre Ring ünner de Ogen, as wenn se de ganze Nacht nich slopen harr, dörknuselt Hoor un de ganze Indruck. Dor stimm wat nich!

»Wat is mit di denn los? Büst du güstern woll loot no 'n Wiemen komen?«, fröög Gerda mitleidig un strokel Käthe op de Schuller.

»Foot mi nich an, so as düsse dösige ...!«, zisch Käthe. »Wat is denn mi di los?«, wull Erna nu weten. »Geiht di dat nich goot?«

»Geiht mi dat nich goot, dat schall dat woll nich! Ik hebb eene Bruchlandung achter mi vun Wulk söven!«, vertell Käthe un harr nu doch Tronen in de Ogen. »All wedder op so 'n Keerl rinfullen, ok nich beter as Korl! Woans kann sowat angohn, ik dach, ik harr Levenserfohrung! Un ik dach würklich, he wöör mol anners!«, snucker se.

»Deern, wat is denn los!? Vertell doch mol!«

»Ach, wat gifft dat dor denn to vertellen? Belogen un bedrogen hett he mi!«

»Hest du denn mit em ... ik meen ... wöörn ji ... also, wat ik meen is hebbt ji ...?«, stöter Gerda neeschierig.

»Du meenst, wat wi in de Kist wöörn?«, fröög Käthe. »Nee, dat nich, aver veel hett nich mehr fehlt, segg ik jo, also sowat hebb ik noch nich beleevt ... un ik harr jümmer dacht, ik harr al een beten wat mitmookt!« Käthe snuuv wedder in ehr Taschendook.

»Nu vertell doch endlich, wat los is!«, rööp Erna. Nu wull se ok endlich weten, wat los wöör.

»Wi hebbt doch güstern ok noch wedder danzt un wöörn an rümpoussieren ... ji weet al ... naja un denn meen Werner, wi schullen doch noch mol ganz alleen in de Sauna gohn, wöör jo al loot, de möken jo al meist dicht. Ik schull mit em mol even kott in sien

Zimmer gohn, he wull sik sienen Bodmantel holen. Ik bün ok mit ropgohn un he is denn in siene Bodstuuv gohn. Jo ... un denn ...!«

»Wat un denn?«

»Ik stünn dor in sien Zimmer un he wöör in de Bodstuuv an 'n Pusseln, dor full mien Blick op den Schriefdisch. Un wat glöövt ji, wat dor leeg?«

De Fründinnen keken Käthe unseker an, wat schull dat woll ween hebben, dat Käthe so füünsch wöör?

»Een Inlodungsschrieven to 'n Bezirksversammeln vun de Schosteenfegers in Sleswig-Holsteen! Se harrn ehr 128. Bezirksversammeln in dat Hotel blangen uns. Adresseert wöör de Breef an Bezirksschosteenfeger Werner Westphal, Neemünster. Ik glööv, ik spinn! Wat hett de mi allens vörlogen! Vun wegen Radiologiepraxis, allens utdacht, allens logen. Bloots üm mi rümtokriegen! Schosteenfeger is he, wöör hier in Travemünn op de Bezirksversammeln, över Energiewende hebbt se dor snackt. Stünn in de Inlodung jedenfalls binnen. Dorüm hebb ik em ok nich in'n Hotel sehn! De wöör den ganzen Dag op de Versammeln bi de annern Schosteenfegers! Schosteenfeger is he un keen Radiologe!«

»Schosteenfeger is doch aver ok eenen önnigen Beroop!«, meen Erna nu.

»Önnigen Beroop, jo dat woll. Is aver doch jo woll een lütten Ünnerscheed to 'n Radiologen, meen ik! Wat hett he mi allens vertellt över siene Radiologiepraxis! De veelen Patienten, de he harr, un wat nich allens. Un glööv mi, verheiraadt is de Keerl ok noch! Op sien Handy wöörn teihn SMS vun siene Froo op!«, blarr

Käthe un wisch sik de Ogen. »Worüm hebb ik nu jüst jümmer so 'n Pech mit de Mannslüüd!«

»Woso SMS, woans hest du dat denn so gau rutkregen?«

»Dat Handy hebb ik gau in miene Bodmanteltasch steken, dor hebb ik loter ropkeken, as ik Tiet harr!«

»Woso, Tiet harr?«

»Naja ...«, Käthe drucks een beten rüm, »wi wöörn denn jo toeerst in de Sauna un ik hebb all överleggt, wat ik moken kunn. Ik hebb mi aver nich anmarken loten, dat ik so füünsch op em wöör. He hett de ganze Tiet noch wieter rümpoussiert un sogor in de Sauna noch an mi rümgrabbelt, as de annern Lüüd rut wöörn.«

»Jo – un wat hest du mookt?«

»Ik??? Hebbt ji nich den Krankenwogen sehn? Haha!«, grien Käthe nu böös.

»Wi sünd een Tietlang in de hitte Sauna ween un denn hebb ik vörslogen, wi kunnen jo noch to 'n Afköhlen in de Iesgrotte gohn, wo bloots een Grod is!«, vertell Käthe wieter. »›Een Afköhlen köönt wi doch beid bruken, wi sünd doch all beid so hitt!‹, hebb ik seggt. Un as he sik dor kommodig hensett harr, hebb ik to em seggt: ›Oh Werner, ik glööv, is beter wenn ik noch mol even kott no Tante Meyer goh!‹, un he sä noch: ›Wiss, mien Deern, dat mook man!‹ Ik denn an de Döör un as ik de Döör in de Hand harr, sä ik to em: ›Köhl di man eerstmol af, du Schosteenfeger – un du Schörtenjäger. Ik fall op di nich mehr rin!‹, un denn bün ik gau rutneiht un hebb vun buten mienen Bodslappen pottendicht in de Döör rinklemmt. Ganz fast!

Dor kunn he nich rut ut siene Iesgrotte! De dösige Keerl, dat schall em mol to dinken geven! Dor harr he Tiet to 'n Nodenken bi 'n Afköhlen!«

»Gottogott!« De Fründinnen keken sik an, Ideen harr Käthe, dat möten se ehr loten, nich slecht. Dor wöörn se beid nich op komen.

»Schosteenfeger, Schörtenjäger! Dat riemelt sik sogor!«, sineer Erna.

»Tja, un ik bün eerstmol ganz ruhig rop in mien Zimmer un hebb mi denn mol ganz in Ruh sien Handy inspezeert! Teihn SMS vun siene Froo, heet butendem ok Käthe. Wat 'n Tofall! Se hett em ogenschienlich ok een beten ünnern Pantüffel, in de ganzen SMS stünn jichtenswat binnen, wat he doon schull un an wat he dinken schull!«

»Un Werner hett de ganze Tiet dor in de Iesgrotte seten?«, grusel sik Gerda. »Wo lang kann 'n dat dor denn so uthollen?«

»Wat weet ik?«, fröög Käthe. »Geiht mi nix mehr an! Dat Wellnessdingsbums harr denn jo ok Sluss mookt, de hebbt allens utmookt, Licht ut un hebbt afsloten!«

»Gottogott! Leevt he denn noch?«, fröög Erna bang.

»Dat warrt he woll, anners wöör jo nich de Krankenwogen komen, man dat Bestattungsünnernehmen!«, geev Käthe to bedenken.

»De junge Dokter Tischbein ut Klütenmoor hett ok mol seggt, poor Stünnen in de Küll kann de Lief af, wenn 't nich to lang is ... also, ik hebb mi denn in Ruh eerstmol de SMS ankeken, dor wöörn ok welke bi vun eene Claudia, mit de hett he ogenschienlich ok noch wat hatt. Dor wöörn sogor Biller op vun de! Un stünn wat vun ›Ik denk an di, Schatzi‹ oder so! Glööv mi man, de hett dat verdeent – düssen lütten Denkzettel!«

»Denkzettel? Woans is he denn nu?«

»Ik bün jo nu keen Unmensch!«, anter Käthe. »No dree Stünnen hebb ik denn mol eene SMS an siene Froo schreven: *Ruf bitte sofort das Arosa an. Hatte einen Unfall in der Eisgrotte. Holt mich hier raus!* Kiek, un 'n halve Stünn loter is ok denn de Krankenwogen komen. Ik seet dor jo in de Bar un hebb allens mitkregen. Bewusstlos wöör he un se müssen Herzmassage moken. Tja, so gau kann 't gohn!«

»Ogottogott!« Erna grusel sik jümmer noch. »Du springst aver ok mit de Keerls üm!«

»Nu mol ehrlich – de harr dat doch woll verdeent, oder nich?«

»Ik teh mi mol gau wat över un denn mööt wi hier aver ok bald sehn, dat wi Land winnt, nich dat de Polizei uns hier noch Frogen stellt!«, meen Käthe. »De sünd jo nich överall so dösig as uns Herr Kommissar Flachmann in Klütenmoor!«

De dree Fründinnen lachen, Kommissar Oskar Flachmann wöör noch nich lang in'n Deenst in Klütenmoor. Veel to doon harr he, aver veel beschickt harr de noch nich.

»Man bloots goot, dat ik Werner nich veel över mi vertellt hebb! He weet bloots, dat ik Käthe heet, nich mol, wo ik genau wohn!«, süchts Käthe.

»Jo, mi dücht ok – loot uns man fuurts no Huus föhren!«, meen Erna. »Käthe teh di fix an, wi mööt los!«

Doch dormit wöör nu Gerda nich inverstohn: »Nee, Deerns. Nu mol sinnig mit de jungen Peerd!

Wenn wi ohn Fröhstück afneiht, sünd wi eerst recht verdächtig! Ik segg: Eerstmol fröhstücken, denn dat hebbt wi doch betohlt! Denk doch mol bloots an den leckren Käs un düsse krossen Rundstücker, de eet ik vundag wedder!«

Auf provenzalische Art

Dunkel wie eine Wand aus Asphalt hing die Gewitterwolke über der Autobahn, als Peter Butzemann mit seinem Firmenwagen die Abfahrt Groß-Düwelsfleth ansteuerte. Hoffentlich vermasselte ihm das unbeständige Wetter nicht den Grillabend mit seinen Freunden Harry und Uwe. Eine lange, wenn auch in jeder Hinsicht erfolgreiche Woche in Mecklenburg-Vorpommern lag an diesem Freitagabend hinter ihm: drei Super-Verkaufsabschlüsse, als Generalvertreter für Gastronomiebedarf war er wirklich spitze. Und weil Erfolg bekanntlich sexy macht, waren auch die Nächte mit Sabine in Schwerin, mit Kathrin in Greifswald und mit Lara in Sassnitz nicht übel gewesen. Tja, er war eben ein toller Typ, der jede bekam, die er haben wollte.

Butzemann war spät dran, aber seine Uschi hatte bestimmt schon alles besorgt, was man für einen richtigen Männerabend braucht: Fleisch und Würstchen satt, dazu ausreichend Mengen von Bier und Schnaps. Endlich war er zu Hause. Langsam ließ der Spezialist für Gaststätten und Weibergeschichten das Auto auf dem Hof ausrollen. Schon von der Einfahrt aus hatte er gesehen, dass die letzte Lieferung aus dem Allgäu nicht mehr neben der Garagentür stand. Und wenn Uschi das alles weggeräumt hatte, dann hatte sie auch den Grillabend nicht vergessen. Wenn sie etwas machte, dann immer gründlich. Darauf hatte er sich in fast dreißig Ehejahren so verlassen können wie andere Leute auf das sprichwörtliche »Amen in der Kirche«.

Ein wenig abgeschlafft betrat Butzemann die Küche seines Bungalows. Diesmal wurde er nicht von seiner Frau begrüßt, denn Ursula war gestern in den Urlaub gefahren: zwei Wochen durch Südfrankreich mit ihrer neuen Freundin Gisela. Die beiden Frauen hatten sich vor ein paar Monaten beim Yoga-Kurs im neuen Gesundheitszentrum von Groß-Düwelsfleth kennengelernt. Und diese neue Freundin hatte Uschi ganz spontan zu einem Wohnmobil-Trip eingeladen. Musste eine tolle Frau sein, diese Gisela! Sehr sportlich, gute zehn Jahre jünger und sehr unternehmungslustig. So hatte Uschi sie auf jeden Fall beschrieben.

Wunderbar, dass er nun zwei Wochen lang sturmfreie Bude hatte. Viel Zeit, um seine nächsten amourösen Dates mit Valerie aus Bremen, Ariana aus Osnabrück und Babs aus Verden zu planen. Ach, er hatte es wirklich gut getroffen. In jeder Stadt eine andere und zu Hause ein treues, ein wenig naives Weib, das zuverlässig Haus und Hof in Ordnung hielt. Seine Uschi war eine ganz Brave, die nichts von seinen kleinen Abenteuern ahnte. Aber reimte sich auf »brav« nicht am besten »Schaf«? Ja, seine Uschi war eigentlich ein dummes Schaf, aber als Ehefrau für ihn genau die richtige. Immer ein frisches Oberhemd, immer blank geputzte Schuhe und keine bohrenden Fragen à la »Warum kommst du so spät?«, »Wohin musst du denn jetzt noch?« oder »Warum gehst du zum Telefonieren in ein anderes Zimmer?«.

Ach ja, so eine treu sorgende Ehefrau war genau so praktisch wie sein bundesweit funktionierendes

»Frauen-Netzwerk«: Fast in jeder Stadt erwartete ihn eine andere auf dem Laken. Der besondere Kitzel lag für Butzemann darin, dass keine der diversen Damen auch nur die kleinste Ahnung von der anderen hatte. Jeder gab er das Gefühl, die Einzige an seiner starken Seite zu sein. Damit es nicht zu peinlichen Versprechern kam, nannte er sie der Einfachheit halber alle »Schatzi«. Das war zwar nicht sehr einfallsreich, aber idiotensicher. Und er hieß natürlich bei allen »Hasi«, allzeit bereit!

Apropos bereit: Jetzt aber schnell den Grill anschmeißen, denn in ein paar Minuten standen schon Harry und Uwe auf der Matte: Herrenabend mit open end und vor allen Dingen mit vielen alten Geschichten von früher. Und ab morgen würde er dann wieder ausschließlich für Bruno da sein. Das Wochenende gehörte ihnen, nur sie beide, Bruno und er. Ach, schon die ganze Woche hatte er sich darauf gefreut, endlich wieder mit ihm »on tour« zu sein.

Als Peter Butzemann den Kühlschrank öffnete, fiel sein Blick auf eine große, mit Klarsichtfolie abgedeckte Platte. Daneben ein kleiner Zettel in Uschis Handschrift: »Liebster Peter, eine kleine Überraschung für dich und deine besten Freunde. Lasst es euch schmecken! Genießt den Abend. Auch um Bruno habe ich mich bestens gekümmert.« Darunter der Abdruck ihres Lippenstiftkusses. Na, da kam wohl wieder Schwung in ihre altgediente Ehe! Ihm sollte es recht sein.

Nun saßen die drei alten Freunde schon vor dem glühenden Grill. Uschis saftige Fleischspießchen brutzelten langsam vor sich hin und verströmten ein herrliches Aroma. So eine patente Hausfrau, die etwas vom Kochen verstand, war einfach ein Geschenk des Himmels. Dazu genügend süffiges Pils und eiskalten Korn - immer schön im Wechsel getrunken. Harry war als Erster blau, wie immer. Aber auch Peter und Uwe lallten sich mit schwer gewordener Zunge über beide Ohren grinsend an. Jetzt hatten die drei ihr Lieblingsthema am Wickel: die guten alten Zeiten.

Nein, was hatten sie damals beim Bund nicht alles angestellt! Peter hatte sogar mal eine Mieze aus der Disko mit auf die Stube gebracht. Heimlich hatten sie die total betrunkene Dame über den Kasernenzaun gehievt. Im Morgengrauen war das Mädel ebenso sang- und klanglos verschwunden, wie sie gekommen war. Ach, und dann diese wunderbaren Schlägereien am 1. Mai, wenn man sich gegenseitig die Maibäume geklaut hatte und mal so richtig die Fressen poliert hatte. Oder damals, als Harry beim berühmten Klütenmoorer Pfingstmarkt in »Rudi und Irmchens Pilzpfanne« gereihert hatte!

Wie waren sie damals ihrem alten Kegelbruder, Kommissar Oskar Flachmann, dankbar gewesen, als der mit seinem Streifenwagen samt Blaulicht und Sirene dem vor Wut schäumenden »Pilzpfannen-Rudi« den Weg über die Klütenmoorer Hauptstraße abgeschnitten hatte.

»Ja, ja, die Polizei, dein Freund und Helfer«, grölten sie nun alle durcheinander, während aus der Ferne das Grollen des zum Glück vorbeigezogenen Gewitters zu hören war.

Uschi dagegen kochte innerlich. So hatte sie sich ihren Trip mit dem Wohnmobil in die Provence nicht vorgestellt. Der als »wunderbar bequem« beschriebene Caravan entpuppte sich als uralter Wohnanhänger mit eierförmigem Buckel. Bei dem »leistungsstarken Zugwagen« handelte es sich um einen in die Jahre gekommenen Diesel mit schiefem Stern auf der Haube. Das einzige Beeindruckende an diesem Auto waren zweifellos die Reparaturkosten.

Und Uschis neue »Freundin« Gisela, die ein echter Kerl mit Namen Gisbert war, nervte ohne Ende mit penetranter Besserwisserei. Außerdem hatte ihr drahtiger Lover aus dem Yogakurs einen schrecklichen Eierkopf, was Uschi allerdings erst aufgefallen war, seit sie nonstop neben ihm auf dem Beifahrersitz hocken musste. Sie wäre ja auch gerne mal gefahren, schon aus Gründen des Perspektivwechsels, aber Gisbert mimte verkniffen den Macho: »Nein, meine Süße, an meinen Wagen lasse ich niemanden heran. Auch dich nicht, meine Süße«.

Allmählich ging ihr dieses »meine Süße« ganz schön auf den Keks. Das war ja noch schlimmer als Peter mit seinem ewigen »Schatzi«-Gesabbel. Überhaupt verhielt sich Gisbert, seit sie zusammen unterwegs waren, vollkommen anders als im Yoga-Kurs. Wo nur war seine mystische Aura geblieben? Die spürbare Ruhe, die er sonst immer ausstrahlte, war wie weggeblasen. Selbst sein silber meliertes, glänzendes Haar fiel nicht mehr in sanften Wellen auf seine schmalen Schultern, sondern hing, zusammengehalten von einem roten Gummiband, wie ein schlappes Matjesfilet in seinem verschwitzten Nacken. Lediglich die lange Holzperlenkette mit dem Konterfei seines privaten Gurus erinnerte noch an ihren Helden aus gemeinsamen Meditationsstunden.

Ihre erste Nacht im eierrunden Campinganhänger war alles andere als romantisch verlaufen. Fast eine halbe Stunde hatte es gedauert, bis ihr Lover alle Sicherheitsvorkehrungen gegen Einbruch, Aufbruch und Abschleppen durch Unbefugte getroffen hatte. Hier noch ein Hebelchen, dort noch eine Kette. Und dann hatte er durch einen Griff hinter das nachträglich zwischen Konservenschrank und Kochplatte eingebaute Chemieklo auch noch die Türklinke unter Strom gesetzt.

»So! Nun kann uns nichts passieren, meine Süße. Alles gesichert. Du kannst mir voll und ganz vertrauen. Ich habe übrigens auch noch dein Bargeld versteckt. Man weiß ja nie. Also, da könnte ich dir Storys erzählen, meine Süße ...«

»Was hast du gemacht? Mein Geld versteckt? Was soll das? Wir sind hier auf einem ordentlich bewachten Campingplatz in der Schweiz. Ich finde das überhaupt nicht witzig, dass du ungefragt an meine Tasche gehst!«

Uschi rächte sich, indem sie bei seinen Annäherungsversuchen heftige Kopfschmerzen vortäuschte, als Gisbert nach einer weiteren halben Stunde endlich fertig war und den hartnäckig klemmenden Universal-Tisch auf Schlafhöhe heruntergekurbelt hatte. Wach und wütend lag sie auf dem bretttharten Schaumgummilager. Ob es richtig war, mit diesem schnarchenden und unmotiviert röchelnden Kerl einen neuen

Lebensabschnitt zu beginnen? Was Peter jetzt wohl zu Hause trieb?

Beim zweiten Kasten Bier und der nächsten Flasche Jägermeister war Peter wie besessen von der Idee, seinen Bruno mit in die gesellige Runde zu bitten.

»Wir holen jetzt alle zusammen meinen besten Freund. Natürlich seid ihr auch meine besten Freunde, aber Bruno ist mein allerbester Freund!« Peter erhob sich schwankend und nahm Kurs auf die Gartenpforte.

»Ihr könnt dann auch gleich den neuen Anbau neben der Garage bewundern. Musste leider Uschis Rosenbeet dafür opfern, aber wat mutt, dat mutt. Hat sich ja auch wieder eingekriegt mein kleines Schaf. Macht jetzt sowieso lieber diesen Yoga-Scheiß als Blümchengießen.«

Bei dem Stichwort »Blümchengießen« waren die drei Männer in ein meckerndes Gelächter ausgebrochen, um dann im hohen Bogen gemeinschaftlich an die Hauswand zu pinkeln. Sie hatten sich dabei gegenseitig auf die Schultern gehauen und in die Rippen geboxt, dann synchron abgeschüttelt und gerülpst.

Uschi war mit quälenden Kopfschmerzen aufgewacht. Als sie jedoch die Tür des Campinganhängers öffnen wollte, war Gisbert wie von der Tarantel gestochen von seiner Schaumstoff-Matratze hochgehechtet und hatte sie zur Seite gerissen.

»Bist du wahnsinnig? Willst du mitten in den Schweizer Alpen an einem Stromschlag sterben? Weißt du eigentlich, welche Probleme man mit einer Leiche im Ausland hat?«

Nein, das wusste sie nicht, aber was konnte schlimmer sein als ihre Ernüchterung über diesen Herrn, für den sie ihr altes Leben hatte aufgeben wollen? Schweigend ließ sie ihn sämtliche Sicherheitsschlösser, Ketten und Riegel lösen, dann konnte sie endlich mit zusammengekniffenen Lippen und Beinen zu den Waschräumen auf der anderen Seite des Platzes humpeln.

Peter Butzemann befand sich zu diesem Zeitpunkt bereits in der Abteilung »Geschlossene Psychiatrie« des Klinikums Groß-Düwelsfleth. Trotz ihres extrem hohen Promillewertes hatten es seine Freunde noch geschafft, den Rettungsdienst zu rufen. Uschis Überraschungen waren einfach zu viel für Peter gewesen. Mühsam versuchten seine Uraltfreunde, die Ereignisse zu rekonstruieren.

Zuerst waren sie zum neuen Anbau neben der Garage gewankt. Dort hatte Peter vorsichtig die Türklinke nach unten gedrückt.

»Bruno, mein Bester, reg dich nicht auf. Ich bin es, dein Freund Peter«, hatte er gerufen.

Von Bruno fehlte jede Spur, dafür fanden sie eine Botschaft von Uschi: »Bruno wartet in deinem Büro auf dich. Mitsamt der Lieferung aus dem Allgäu.« Zurück im Haus stolperten sie an Peters Schreibtisch. Gleich neben dem Computer lag ein weiterer Zettel: »Hasi, das war's! Hat euch das Fleisch geschmeckt? Habe mit Bruno das Brigitte-Rezept ›Leckereien für die Liebsten auf provenzalische Art‹ ausprobiert. Eine weitere Überraschung wartet auf dich hinter der Bürotür. Unser gemeinsames Sparbuch habe ich übrigens dabei. Frau braucht eben Geld, wenn es ab in den Süden geht. Mein Anwalt lässt dann von sich hören. Uschi. P.S. Ab sofort kannst du ungestört mit deinen Freundinnen telefonieren.«

Knietief hatten die drei Betrunkenen beim Lesen der Nachricht im frisch gelieferten Spezialheu aus dem Allgäu gestanden, das im gesamten Büro auf dem Boden verteilt war. Wie von Sinnen stürzte Butzemann zur angelehnten Bürotür. Darauf eine weitere Botschaft: »Laut Internet-Recherche ist die Kürschnerei Klecker in Swattenmoor, Düwelsflether Landstraße 139, die günstigste. Da kannst du dir aus Bruno eine wunderbare Nackenrolle machen lassen. Zumindest für diesen Bock hat es sich ja nun ausgerammelt.«

Beim Anblick des an das Türblatt getackerten, noch blutigen Karnickelfells war Peter Butzemann, der Kaninchenzüchter aus Leidenschaft, buchstäblich zusammengebrochen. Er hatte sich seine Goldkette samt massivem Hasenanhänger vom Hals gerissen und damit begonnen, sich das teure Spezialheu aus den Alpen in den Mund zu stopfen. Das war der Moment gewesen, in dem seine treuen Freunde mit vereinten Kräften die 112 gewählt hatten.

Seit sie den Genfer See hinter sich gelassen hatten, schwiegen Gisbert und Uschi. Auf der Route Nationale 85, besser bekannt als »Route Napoléon«, hatten sie ihre ganze Konzentration darauf verwendet, den verdächtigen Geräuschen des alten Motors zu lauschen. Und stumm wie die Fische waren sie an ihrem Etappen-Ziel angekommen, ein Campingplatz in der Nähe der berühmten Verdon-Schlucht in der Provence. Dann hatte Uschi unvermittelt ihr langes Schweigen gebrochen.

Lang und breit hatte sie sich über die interessante Gegend ausgelassen. Hier im Département Alpes-de-Haute-Provence hatte sie nämlich zwölf Monate als Austauschschülerin verbracht. Uschi kannte sich also hervorragend aus. Gisberts immer noch angespanntes Gesicht hellte sich allmählich auf. Ihre empfindlich gestörte Beziehung schien wieder ins Lot zu kommen. Er spürte bereits den positiven Energiefluss zwischen ihnen. Außerdem erwähnte Uschi nicht mehr das versteckte Geld.

»Wir können gleich einen Ausflug zur Schlucht machen, meine Süße. Ich bin schon so gespannt. Ich muss nur noch in unserem rollenden Liebesnest die Alarmanlagen aktivieren.«

Uschi besaß wirklich gute Ortskenntnisse und mimte den Scout.

»Und jetzt fahren wir diese kleine Nebenstraße, liebster Gisbert. Ohne den Anhänger kommen wir hier locker durch.«

Gisberts alter Wagen schraubte sich keuchend höher, dann waren sie tatsächlich auf dem kleinen Plateau angekommen, von dem aus man die beste Sicht auf den reißenden Fluss in der Tiefe hatte. Uschi und Gisbert fotografierten ausgiebig. Sie waren sich vollkommen einig darin, dass die Provence mit all ihren Naturschönheiten ein wunderbarer Ort war, um ein gänzlich neues Leben zu beginnen. Ein lauschiger Abend mit Zikadenkonzert, französischem Essen und kühlem Rosé sollte diesen fantastischen Tag harmonisch abrunden.

Leider war Gisberts Wagen so lang, dass man ihn nur mit viel Fingerspitzengefühl auf dem schmalen

Plateau wenden konnte. Nur zentimeterweise änderte sich die Richtung des klobigen Autos, während die Sonne am Horizont wie eine goldene Münze im Schlitz eines Sparschweins versank.

»Uschi, meine Süße. Du passt jetzt genau auf, wie weit ich noch nach hinten fahren kann und wie viel Platz noch links und rechts ist. Hast du verstanden, meine Süße?«

Ja, seine Süße hatte die Lage total verstanden. Sie musste jetzt genau aufpassen und die richtigen Kommandos geben.

»Du kannst mehr nach links, ich meine, äh, nach rechts. Nein, doch links.«

»Ja, ist es denn die Möglichkeit? Ich gebe hier mein Äußerstes, damit wir wieder auf die Straße kommen, und du kannst links und rechts nicht auseinanderhalten? Wie viel Platz habe ich denn noch hinten?«

»Äh, ich denke mal ein Stück«, flötete Uschi zurück in die provenzalische Sommernacht.

»Was heißt denn bitte schön ›ein Stück‹? Das muss man doch mit einem Blick sehen, wie viele Zentimeter oder Meter das noch sind!«

»Du hast locker noch anderthalb Meter, Liebling«, brüllte Uschi nun gegen den immer lauter zischenden Diesel an. »Ach, was sag ich?! Du hast noch gut zwei Meter. Gib Gas und dann herum mit Schwung!«

Als sich der alte Wagen nun mit einem Satz in die inzwischen völlig im Dunkeln liegende Schlucht davonmachte, trat Uschi einen Schritt näher an die Felskante und sah den immer kleiner werdenden

Scheinwerferlichtern nach. Dort unten gab es nichts als riesige Felsbrocken und das tosende Wasser.

Wie oft schon war sie genau hier mit Jean-Baptiste gewesen, ihrer französischen Schülerliebe? Ach, dieser wunderbare Nervenkitzel, wenn sie unter der polizeilichen Absperrung hindurchgeklettert waren und mit angehaltenem Atem auf die Autowracks in der Schlucht geblickt hatten. Hier oben das Leben, dort unten der Tod! Das laute Krachen des Aufpralls, auf den eine große Stichflamme folgte, holte sie unsanft aus ihren Träumereien zurück. Mit Blick auf das flammende Inferno flüsterte sie: »Au revoir, Gisbert. Ich glaube, du hattest doch nur noch 50 Zentimeter.« Dann brüllte sie lauthals: »Aber ich habe noch mindestens fünfundzwanzig Jahre vor mir!«

Ohne Hast und mit sicheren Schritten legte Uschi den Weg zur Hauptstraße zurück. Die Telefonnummer von Jean-Baptiste wusste sie auswendig. Wenigstens diesen Kontakt hatte sie all die Jahre über aufrechterhalten. Die Reise in die Provence war wie ein Traumbild, an dem sie sich festgehalten hatte, wenn Peter mal wieder nicht zu Hause gewesen war. Außerdem war Jean-Baptiste im Unterschied zu Gisbert ein Profi. Nicht einmal fünf Minuten würde er brauchen, um all die schwachsinnigen Sicherungen zu entschärfen und ihr verstecktes Geld im abgestellten Wohnwagen zu finden. Danach würde sie ihn zu einem formidablen Essen in der »Bar du Sport«, der Dorfkneipe, einladen. So ein richtiges Genießer-Menue auf provenzalische Art mit viel Rosé.

Hand aufs Herz: Was gibt es Schöneres, als mit alten Freunden in Jugenderinnerungen zu schwelgen?

Und klingt »mon amour« nicht viel besser als »Hasi«, »Schatzi« oder »meine Süße«? Und ist es nicht praktisch, wenn man den örtlichen französischen Polizeichef auf seiner Seite hat, einen treuen Freund und Helfer in allen Lebenslagen? Sie glauben gar nicht, wie schwierig es ist, wenn man im Ausland mit einer Leiche unterwegs ist!

Platsch!

Düüster griese Regenwulken hüngen mol wedder över Klütenmoor, een gräsig Wind joog de Wulken un dat regent as ut Ammers. Un dat in'n Juni!

In de Wohnstuuv vun Erna Meier in Klütenmoor aver wöör dat kommodig warm, vundoog harr se ehr Kaffeekränzchen. De Disch wöör scheun deckt mit dat beste Porzellon un in'n Kaminoven knaster dat Holt. Normalerwies wöör Erna jo kniepig mit dat Holt, nu wo se keen Keerl mehr harr to 'n Holthacken, aver wenn dat so koolt wöör as vundoog, denn wull se dat doch warm hebben.

Erna harr ehre besten Fründinnen Gerda Reimers un Käthe Schult inloodt – all dree wöörn se vör lange Tiet op de Köökschenschool gohn. Nu, siet de Tiet wo se all dree Wittfroons wöörn, harrn se mehr Tiet, sik mol to 'n Kaffeeklatsch to dropen. Un wat tohoop to ünnernehmen.

»Ach, wat geiht uns dat wedder goot!«, süchts Gerda un lehn sik in ehren Stohl no achtern un strokel sik över ehren Buuk, wo al twee Stücken Schwarzwälder Kirschtort in Platz funnen harrn. »Diene Torten sünd doch de besten, ik much seggen in ganzen Düwelsflether Land!«

»Dat seggst du jo jedet Mol, Gerda!«, meen Erna. »Aver mi dücht doch, ji beiden köönt jüst so goot backen un in dat Backbook vun de Landfroons, wat düsse Spoorkass domols rutgeben hett, sünd jo ok allerbeste Rezepten binnen. Dor kannst du jo egentlich gor nix verkehrt moken!«

»Nee!«, anter Käthe, »dor hest du würklich recht, aver dorüm sünd wi jo ok no de Köökschenschool gohn. Dorbi harr ik ok giern een Lehr mookt as Sniedersch to 'n Bispeel, aver miene Öllern kennen jo keen Pardon. De Deern mööt koken un backen könen, anners kriggt se keenen Mann, menen de!«

Eenen Mann harrn Erna, Gerda un Käthe denn jo ok afkregen, ok wenn dat nich so licht ween wöör, de Keerls wedder lostowarrn ...

»Hett uns dat denn wat schoodt?«, froog Gerda. »Ik meen, op de Köökschenschool, dor hebbt wi doch ok wat liernt un wi köönt doch nu wat!«

»Wo du jüst seggst könen – köönt wi woll noch een Stück Botterkoken hebben?«, fröög Erna un schuuv ehren Teller no förn.

»Ok jo, ik ok, bitte!«, rööp Käthe un een Ogenblick lang wöör dat ganz liesen in de Wohnstuuv, as de dree sik den Botterkoken mit dick Zucker to Bost nöhmen.

»Wat is denn egentlich mit dienen grooten Rosenbusch passeert?«, fröög Gerda nu mit eenmol un keek ut 'n Finster. »Dat wöör doch jümmer so eene Pracht un een Stoot!«

»De geiht kaputt!«, meen Erna bloots kott.

»Aver worüm dat denn? Du hest em doch jümmer so heegt un pleegt?«

»Dat hebb ik, aver dor kööm ik jo nich gegenan!«, sä Erna füünsch. »Mien dösige Nohbor Hein, de hett dor doch jeden Dag gegen miegt ... un sien Köter ok.

Wo foken hebb ik em seggt, he schull nich in mienen Goorn miegen un all gor nich op miene Rosen!«

»Wat is dat, he hett gegen diene Rosen pisst?«, fröög Käthe. »Sowat gifft dat ja woll nich!«

»Dat hett he! He wöör jo sowieso so eenen gräsig Keerl, kann ik di seggen, keen Verstand de Keerl, aver pissen kunn he! Worüm köönt de Keerls nich mol in'n Huus gohn op Toilett so as wi Froonsminschen. Wi benehmt uns doch ok önnich!«

»So sünd jo leider veele Mannslüüd!«, meen Gerda, »dat wöör jo ok fröher so mit mienen Erwin, as he noch leev. Wenn wi Besöök harrn un de Mannslüüd müssen mol ut de Büx un frögen Erwin, wo denn dat Lokus wöör, denn sä he jümmer: Buten liek ut un achter den Jasmin op de rechte Siet!«

»Harrst du dor nich ok jümmer dien Gemüsebeet? Wöör dor nich jümmer ok joon Salot, rechts achter den Jasmin?«, froog Erna pikiert. »Igittigitt!«

»Ja, dat stimmt - aver dat regent dor jo ok wedder af. Ik hebb den Salot denn tomeist de Kaninken geven!«, anter Gerda un schüttel sik. »Aver ik weet dat ok nich, wat de Mannslüüd dor jümmer an findt, buten to pinkeln. Villicht hangt dat mit de Evolution tohoop!«

»Mit wat??«, fröög Erna, de nich op de högere School gohn wöör.

»EVOLUTION!«, bookstabeer Käthe. »Dat is de Entwicklung vun de Natuur un vun de Minschen! Dat sik de Minschen ut de Einzellers entwickelt hebbt, un so!«

»Ach sooo«, Erna güng een Licht op, »un du meenst de Mannslüüd sünd dor stohn bleven, bi de Einzellers?«

»Nee, dat nu jüst nich!«, meen Käthe. »Aver villicht in dat Stadium vun de Steentiet, wo de Mannslüüd noch Jägers wöörn, dor harrn de nich lang Tiet to 'n Pinkeln in de Eck vun de Höhl to lopen, dor müssen de dat ok mol gau buten den Lendenschurz no de Siet trecken un tomoken un ok gau weglopen, wenn een Mammut kööm.«

»Een wat??«, froog Erna wedder, de dat nich mitkregen harr.

»Ach loot man!«, meen Käthe. »Loot man över wat anneret snacken!«

»Woans hett jo denn letzt de Aquafitnesskurs toseggt, den wi bi de Volkshoochschool mookt hebbt?«

»Och, de hett mi ganz goot doon!«, meen Erna. »Ik wöör lang nich mehr so stief in de Knoken un allens güng mi meist een beten flotter vun de Hand!«

»Mi hett dat ok bannig goot gefullen!«, stimm Gerda ehr to, »ok wenn dat jo jümmer een beten appeldwatsch utseeg, wenn wi düsse Nudeln dor dörch de Beens steken müssen un so as Hunnen paddeln. Dat wöör mi meist een beten pienlich!«

»Pienlich?«, roop Erna. »Worüm dat denn? Wat is an Sport denn pienlich?«

»Kann ik ok nich so richtig verkloren, aver ik dach jümmer, dat schient meist so, as wenn dor so 'n grooten Steert achtern rutkeek. Aver mi kenn dor jo ok nüms, vun Klütenmoor koomt dor jo nich so veele hen, no dat Wellnessbad in Groot-Düwelsfleth!«

»Mi wöör dat pienlich, wenn ik mienen Bikini op de Wäschelien to 'n Drögen harr un mien Nohbor is dor jümmer rümbeestert un hett sik dat Ding bekeken. He is jo so 'n olen Spanner ween, hebb ik jo doch all foken vertellt. De dösige Smeerbuuk, he hett jo ok foken versöcht, mi antobaggern, nodem doch mien Johann düssen tragischen Unfall harr!«, vertell Erna opgereegt. »Ik wöör jo nu würklich mit dat Thema Mannslüüd dör, aver düsse Keerl kunn dat woll nich begriepen. He wöör jümmer as so 'n läufigen Köter hier üm mien Huus an Rümlopen.«

»Un hett denn ganz bi lütten diene Rosen dorbi dootpinkelt!«, greep Gerda dat Thema vun vörher nochmol wedder op.

»Harr he nich ok foken een beten toveel drunken?«, froog Käthe no.

»Dor kannst du gewiss ween, de ole Suupsack! Dat wöör so!«, anter Erna. »De Keerl wöör jo foken al middaags nich mehr bi sik. Un denn harr he sik Moot andrunken un kööm hier bi mi an. Wat ik doch för 'n fiene Froo wöör ...«

»Dor harr he aver doch recht!«, meen Gerda.

»Jo, wiss doch – aver he sabbel mi denn de Ohren vull, wo schood dat doch wöör, dat ik alleen wöör, so jung noch un al Wittfroo!«

»Wat heet jung?«, meen Käthe. »Ik meen, de söventig hebbt wi doch nu ok all lang achter uns!«

»Jo kloor, dat weet ik ok. Aver wi sünd doch in de besten Johren, oder nich? Aver he wull mi doch woll so 'n beten Komplimente moken oder wat he dorför holen dä!«, meen Erna. »Und du ... wat hest Du dorto seggt?«, froog Gerda.

»Ik bün dor natürlich nienich op ingohn. Un ik dröff jo noch nich mol Pudding buten henstellen to 'n

Afköhlen, dor is he ok jümmer bigohn. Miene scheune Appelgrütt, de hett he ok jümmer vun klaut. De Keerl, de hett soveel Undöög mookt. Nich to glöven. Dorbi fallt mi jüst in – Appelgrütt, is noch wat nobleven vun letzt Mol, möögt ji ok so giern Appelgrütt?«

Erna hol de scheunen Kristalltöllers ut 'n Schapp un ut de Köök de Schöttel mit Appelgrütt. De Appelgrütt smeck jüst so goot as de Koken. Erna, de kunn koken un backen, soveel wöör gewiss.

»Nu passt aver würklich nix mehr rin!«, meen Käthe un fröög denn: »Un wat wöör noch mit dienen Nohbor Hein?«

»Wo he mi jümmer so argert hett – also wenn ik wat to hölpen harr, denn hebb ik em ok mol dat eene oder annere moken loten.«

»Richtig so!«, meen Käthe.

»Af un to hett he mi mol Holt hackt! Dat kann ik jo as Froo nich so goot un foken hett he mi ok mol den Deckel vun de Klärgruuv wedder ropmookt!«

»Wat hett he?«, frogen Käthe un Gerda.

»Den Deckel vun de Klärgruuv! Wi hebbt hier doch keen Kanalation!«, meen Erna.

»Kanalisation heet dat!«, verbeter Käthe nu wedder. »Du hest hier jümmer noch keene Kanalisation?«

»Nee, hebbt wi nich. Bruuk ik ok nich, düsse Kanalation, wi hebbt sowat nie nich bruukt, ik hebb mien Lock dor achtern un fardig. Dat Eenzige, wat mi argert, is, dat ik all foken mol mienen Nohbor dorbi to foten kregen hebb, dat he dor sien Altööl rinkippt. He wöör jo jümmer kniepig mit de Autos un hett sülvst Öölwessel mookt un een poor Mol hebb ik em sehn, as he dor achtern in miene Wisch to Gang wöör un den Deckel afnohmen harr un sienen Kanister dor rinkippen dä!«

»Dat is jo nich to glöven!«, empör sik Gerda. »För sowat hebbt wi in Düütschland doch Gesetze!«

»Genau, Erna!«, meen Käthe. »Dor schullst du mol de Lüüd vun Woteramt Bescheed seggen, oder woans dat heet, de kümmert sik üm sowat! De passt doch op de Ümwelt op. Oder is dat dat Ümweltamt? Nee, ik glööv, de sünd för de Mülltünnen tostännig. Roop dor doch mol an – op dat Amt!«

»Woteramt meenst du?«, froog Erna. »Nee, dat sünd Beamte, de will ik hier nich hebben, koomt hier anföhrt mit eenen dicken Deenstwogen un snüffelt hier rüm. So 'ne Lüüd kummt mi nich op 'n Hoff. Ik denk noch dor an, as ik mol een Bogenehmigen för mien Goornhuus hebben wull. Negen Moond hebb ik dor op töövt un wokeen hier allens ankomen is to 'n Kieken un Afmeten un wat dat allens köst hett. Nienich wedder. Mit de Lüüd vun de Ämter will ik nix to doon hebben!«

»Un kannst du nich mol dat Blatt anropen?«, froog Gerda. »So in de Rundschau oder sowat. De mookt doch jümmer so Storys vun sowat. To 'n Bispeel wöör doch dor annerletzt so eene Geschicht vun een Pony, dat nich noog to freten kregen hett in Wittendiek. Dor sünd de vun dat Blatt komen un hebbt dat arme Deert fotografeert un denn is dat op eenen Gnadenhoff komen un hett dat dor goot. Oder foken schrievt de jo ok över Striet in de Nohborschop. Wenn de Twiegen so över den Weg röberwasst oder so. Dat hebb ik doch al so foken leest. Villicht geev dienen Nohbor dat mol to denken mit sienen unflätig Benehmen, wenn he in't Blatt stünn!«, geev Gerda to bedenken.

»Genau, Erna«, roop Käthe, »dat is doch eene goote Idee, an de Presse to gohn! Mol richtig de Story utpacken, allens müss du de Reporters vertellen, wat he hier allens mookt hett, spannen, besopen rümlopen, op de Rosen pinkeln un Altööl verklappen. Dat schull doch all meist för eene ganze Siet in'n Blatt noog ween. De Reporters töövt doch op so 'ne Storys. Dat mook man driest! Nachbarschaftsstreit in Klütenmoor! Ik seeg all de groote Överschrift. Erna, loot uns mol glieks bi 't Blatt anropen!!«

»Holl stopp!«, brems Erna. »He hett doch all in'n Blatt stohn!«

»Wat is dat? He hett all in n Blatt stohn??«

»Jo klor, verleden Week, hebbt ji dat nich leest. Op de letzt Siet vun dat Groot-Düwelsflether Daagblatt!« – »Op de letzt Siet?«

»Jo, richtig, op de letzt Siet!«

»Dat muss du mi verkloren, Erna!«, meen Gerda. »Op de letzt Siet sünd doch jümmer de Doodsanzeigen!«

»Jüst dor hett he stohn!«, meen Erna stolt. »Hein Peters, he harr een scheune Anzeig kregen vun siene Kinner, de wohnt jo all lang nich mehr hier, de wohnt nu glööv ik in Köln ... Momang, nee in Wupperdaal ... un siene Dochter in ...«

»Dat is doch woll nu egol!«, roop Gerda. »Wo meenst du dat denn?«

»Du meenst – dien Nohbor is doot?«, froog Käthe, de nu ok een Licht opgohn wöör.

»Jo, is he! Doot as een Karkenmuus. Ik verstoh bloots nich, dat jo de Anzeig nich opfullen is ... De wöör doch bannig opfällig! De mööt ji doch sehn hebben. Dat Afsünnerliche wöör jo, ... na ja. Ogenschienlich hett he sik woll dat Leven nohmen! ›Wir wissen nicht, wo Du bist, lieber Vati‹, stünn dor, ›aber Du bist immer in unseren Herzen!‹ un dorbi een Bild vun eene scheune Roos, mi eenen afknickten Stengel!«

»Dat wöör woll eene vun diene utmiegten Rosen!«, meen Gerda spitz.

»Ik hebb em jo ok eenen scheunen Kranz spendiert to sien Gräffnis! Mit geele Rosen un een önnige Slööp, nix an uttosetten! *In stillem Gedenken, Deine Nachbarin Erna* stünn dor op. Steiht mi jo ok to as neegste Nohborsch!«, vertell Erna. »Aver dat wöör een appeldwatsch Truerfier ohn Liek! Aver achteran bi 'n Kaffeedrinken, de Botterkoken, de hett meist so goot smeckt as düsse ...«

»Woso ohn Liek?«

»Sä ik dat nich jüst? Se hebbt em nich funnen. Se hebbt bloots sien Auto funnen, dat stünn an de Elv an een Anlegger, nich wiet vun den Hoven. Dor op den Bifohrersitz hett de Polizei eenen Afscheedsbreef funnen, eene leddige Snapsbuddel un een leddig Paket Tabletten!«, vertell Erna. »Aver funnen hebbt se em nie nich!«

»Hebbt se denn allens afsöcht?«

»Dat kann ik jo seggen, dat ganze Programm. Warmbildkameras, Hubschruvers, Tauchers! Een ganze Hunnertschop is hier dör Klütenmoor wannert! Mit Hunnen un allens, wat ji jümmer so ut 'n Fernsehn kennt!«

»Ach, dat wöör dien Hein!«, rööp Käthe. »No fallt mi dat wedder in, dat hebb ik allens ok in dat Blatt leest, aver ik wüss jo nich, dat dat dien Nohbor wöör!«

»Dat wöör Hein Peters, nu nervt he nich mehr!«, süchts Erna. »De kunnen em ok nich finnen. Nie nich!«

»Weest du denn dor wat över, woans dat passeert is!?«, froog Gerda opgereegt. »Dat höört sik jo so an, as wenn du mehr wüss över düssen Fall!«

»Dat will ik menen!«, anter Erna. »Ik bün jo de Letzt ween, de em noch levend to sehn kregen hett ... sotoseggen!« Se snack nich wieter, keek sik aver no alle Sieden üm, as wenn dat eener hören kunn, de dat nich hören schull.

»Ji mööt mi aver verspreken, dat ji dor nie nich över snackt!«

»Nie nich! Hilliget Köökschen-Ehrenwoort!«, meen Käthe un rüüsch op ehren Stohl opgereegt hin un her. »Nu vertell doch endlich!!«

»Tsüh! Dat wöör jo so!«, vertell Erna, »op eenen Obend, so bi Ende Mai wöör dat un harr jüst so as hüüt den ganzen Dag regent, de Wischen wöörn vull mit Woter un de Weg hier no 't Huus wöör een eenzig Matschlock!«

»Nu to!«, rööp Gerda. »Nu mol to, wo wöör dat denn?« »Nu tööv doch!«

Erna möök een Paus un schenk nochmol Kaffee no. »Ik keek so ut 'n Finster, dat wöör all so bi Obends, no de Tagesschau, kann ik mi op besinnen, un wat seeg ik buten? Is Hein dor wedder mit siene Kanisters an miene Güllekuhl togang! Di warr ik dat wiesen! - dach ik un no buten. He hett mi nich sehn, soveel is gewiss. He harr sik dormit afgeven, den Inholt vun de Kanisters dor langsom in miene Klärgruuv to kippen, un seet dor ganz sinnig vör dat Lock op de Knee ... un ik glööv, sungen hett dat Oos ok noch!«

»Tja, un denn?«, frogen Käthe un Gerda.

»Ik wull em jo gor nix! Ik wull em jo bloots önnich eenen Schreck injogen un hebb mi ganz liesen anpirscht, so as een Indioner!«, vertell Erna. »As ik denn no em ran wöör, hebb ik ganz luut in sien Ohr ›Buuuuuuuh!‹ ropen un hebb em een lütten Schups op de Schuller geven! Un denn hett dat platscht!«

»He is in diene Kuhl rinfullen?«, fröög Käthe un grusel sik.

»Is he - eenfach so. Ik nehm an, he hett so eenen Schreck kregen un dat wöör jo üm dat Lock sowat vun glitschig vun den Regen!«, meen Erna.

»Un denn?« Gerda harr ehre Ogen wiet opreten. »Un hest du denn de Füerwehr holt, oder de Polizei?«

»Füerwehr? De harr ik den Obend nich anropen bruukt, de harrn ehren Füerwehrball - dat wüss ik doch. De wöörn all dörtig Kilometer wieter in Breckhusen. Bit de hier ankomen wöörn, harr em doch nüms mehr helpen kunnen! Un de Polizei will ik hier nich hebben op mienen Hoff!«, meen Erna bestimmt.

»Un wat hest du denn mookt? Jichtenswat müss du doch mookt hebben?«, froog Käthe.

»Hebb ik jo ok. Toeerst wull ik noch een Ledder holen, aver denn is mi infullen, se wöör jo twei. Denn hebb ik noch mol rinkeeken, aver dor wöör nix mehr to sehn un to hören. Un denn hebb ik den Deckel ropmookt!«, vertell Erna.

»Oh nee, wat schuurig! Un nu swimmt Hein dor in diene Kuhl?«

»Nee, dat glööv ik nich. He hett sik woll bi lütten oplööst. Ik hebb mol sowat leest. Ik sä jo all, de blifft verswunnen. Toeerst hett he mi jo doch meist een beten leed doon, ik wull em jo ok bloots verjogen. Aver denn hebb ik dor över nodacht, wo foken he mi so argert hett, un denn hebb ik so bi mi dacht – wat is dat doch ok scheun, wenn de Problemen sik so ganz vun sülvst ... oplööst!«

»Oh Gottogott, wat schuurig! Un woans is dat Auto denn no den Hoven komen?«, fröög Käthe.

»Ik hebb doch Föhrerschien!«, meen Erna stolt. »De Snapsbuddel leeg dor all in dat Auto, de Tablettenschachtel harr ik noch vun mi. Ji weet doch, düsse Beruhigungstabletten vun fröher, ... un den Breev ...!«

»Hest du schreven!«, beendt Gerda den Satz.

»Genau! Ik hebb doch annerletzt een WORD-Kursus mookt, bi de Volkshoochschool. För jichtenswat is dat denn doch opletzt noch goot ween!«

»Un de Polizei hett so gor keenen Verdacht hatt?«, fröög Käthe. »Hebbt se denn dat Auto ünnersöcht un sowat?«

»För Kommissar Flachmann wöör allens kloor!«, meen Erna. »Hein harr doch so veele Probleme, dat wüssen de Kinner doch ok. De Afscheedsbreef, Tabletten, Alkohol ... wat gifft dat dor noch to överleggen. Apropos Kinner ... de koomt tokamen Week un hoolt hier de letzten Soken ut dat Huus. Dat warrt denn woll verköfft. Hein sien Söhn will mi denn hölpen, eenen ne'en Rosenbusch to planten, achter dat Finster hier. De oole Rosenbusch is ja doot un ik as Froo kann dat jo nich alleen!«

»Hoffentlich kriggst du denn nette ne'e Nohbors!«, süchts Käthe. »Dor kannst du jo ok allerhand beleven!«

»Jo, loot uns man dat Beste hoffen!«, meen Erna. »Un anners mööt wi mol sehn ...!«

Die Bienenkönigin

Noch einmal schabte er langsam mit dem altmodischen Rasiermesser über seine Kehle. Es erregte ihn, die scharfe Klinge auf der Haut zu spüren. Jede Nassrasur war eine Gratwanderung zwischen Leben und Tod. Drückte er den dünn geschliffenen Stahl nur ein wenig fester auf, konnte es das Ende bedeuten. Ach, wie genoss er dieses Ganz-oder-gar-nicht-Gefühl, dieses Sein oder Nichtsein! Und auch in der Liebe gab es für ihn nur ein Ja oder Nein. Heute aber war diese immer wieder aufflammende Todessehnsucht bei der Morgentoilette nur ein diffuser Schatten, den er leicht wieder aus seinen Gedanken vertreiben konnte.

»Felix!«

Langsam sprach er seinen eigenen Namen aus, während er in den Spiegel schaute.

»Felix!«

An diesem Tag war kein anderer Name passender als dieser. Felix bedeutet der Glückliche und an diesem Sonntag war er glücklich. Sorgfältig klopfte er sich nun das Rasierwasser auf die Wangen. Sein rundes Gesicht leuchtete wie ein rotwangiger Apfel. Nein, so mochte sich Felix nicht. Er stellte sich einen Augenblick an das weit geöffnete Fenster. Die kühle Luft würde seine gereizte Haut beruhigen.

Oh, diese Vorfreude, diese kribbelnde Anspannung! Schon seit dem Aufwachen pochte sein Herz um ein paar Takte schneller als sonst. Felix würde heute endlich seine »Bienenkönigin« wiedersehen. Ein Zusammentreffen, das er von langer Hand geschickt eingefädelt hatte. Tja, Fachwissen und langjährige Berufserfahrung zahlten sich eben aus!

Es war ein Leichtes für ihn gewesen, bei der Montage ihrer neuen Einbauküche ein paar Scharniere so zu präparieren, dass die Türen klemmten und die Schubladen sich nur quietschend öffnen ließen. Und prompt kam ihr Anruf.

»Wie meinen Sie? Sie haben Probleme mit der neuen Küche?« Felix, der Fachmann für maßgerechte Einbauküchen, war natürlich sofort bereit gewesen, für den Dienst an der Kundin seinen heiligen Sonntag zu opfern. Nichts lieber als das!

Weil sie sich für eine honigbraune Vollholz-Küche entschieden hatte, taufte Felix seine neue Kundin auf den Namen »Bienenkönigin«. Er bekam dieses zarte Wesen mit der zerbrechlichen Taille einfach nicht mehr aus dem Kopf. Seit ein paar Wochen raubte sie ihm nun schon den Schlaf und bescherte ihm schwüle Träume. Kurzum, der Kücheneinrichter Felix Hubertus Blaubach aus der Hansestadt Groß-Düwelsfleth war verliebt bis über beide Außenkanten seiner stark abstehenden Ohren. Und war da nicht ein verheißungsvolles Zwinkern in ihren smaragdgrünen Augen gewesen? Eine stumme Botschaft, die nur für ihn bestimmt war?

Sie war so überaus freundlich und zuvorkommend am Telefon gewesen.

»Ja, Herr Blaubach, das ist aber reizend, dass Sie auch an einem Sonntag vorbeikommen können. Dass es so etwas heutzutage noch gibt! Ich meine, da kenne ich ganz andere Handwerker! Auf die kann man warten bis in alle Ewigkeit. Wäre Ihnen denn 11.00 Uhr recht, Herr Blaubach? Dann können wir auch gerne noch eine Bouillon zusammen essen. Ich kenne da ein wunderbares Rezept ... Ich meine, wenn Sie schon Ihren freien Sonntagvormittag für mich opfern. Oder mögen Sie keine Bouillon, Herr Blaubach?«

Felix hatte bei diesen Worten innerlich gebebt. Nur durch tiefes Ein- und Ausatmen bekam er sich wieder einigermaßen in den Griff. Dass die »Bienenkönigin« ihn zu einem leichten Mittagsimbiss einlud, damit hatte er doch in seinen schwülsten Träumen nicht gerechnet!

Für jeden seiner Kunden dachte sich Felix einen eigenen Namen aus. So waren in den letzten Monaten bei ihm auch zwei »Kamele« aufgetaucht. Hierbei handelte es sich um ein geduldiges älteres Paar aus Swattenmoor, das vom Kopf bis hin zu den absolut identischen Fußbettsandalen ausschließlich in Beigetönen gekleidet war. Auch in Bezug auf die Fronten ihrer Kochzeile waren die »Kamele« ihrem Farbkonzept treu geblieben. Sie entschieden sich für ein sattes Saharabraun und kombinierten dies auf seinen Vorschlag hin mit einer lapislazuli-blauen Arbeitsplatte. Das war das absolute Tüpfelchen auf dem i, denn die feinen, glitzernden Farbeinschlüsse der Kunststeinfläche funkelten wie eine sternenklare Wüstennacht über dem Strom sparenden Geschirrspüler der Energieeffizienzklasse A +++.

Als jedoch die »Fledermaus«, ein hagerer, ganz in schwarz gekleideter Mann mit wuchtigen Silberringen an allen zehn Fingern, in seinem Küchenstudio aufgetaucht war, hatte Felix ein wenig zu vorschnell das Programm der nachtschwarzen Modelle mit Edelstahlflächen und Lackkanten hochgefahren. Doch was für eine Überraschung: Die Wahl der Buxtehuder »Fledermaus« war auf eine luftig-leichte Pantry in Pink mit goldfarbenen Armaturen gefallen. Drei Tage hatte Felix gebraucht, bis er sich von dieser krassen Fehleinschätzung erholt hatte. In diesen Tagen des nagenden Selbstzweifels hatten ihm bei der morgendlichen Nassrasur auch seine Todesfantasien wieder mehr zu schaffen gemacht.

Jetzt aber waren es nur noch zwei Stunden, bis er seine heimlich Angebetete wiedersehen würde. Stunden, die wie zäher Heidehonig dahinflossen. Felix machte ein paar federnde Schritte vor dem weit geöffneten Fenster, vor dem die Vögel im frischen Grün einer Linde zwitscherten. Die kühle Luft wirkte Wunder, auch die Rötung in seinem Gesicht verabschiedete sich allmählich.

Mit geschlossenen Augen summte er nun leise vor sich hin: »Für mich soll's rote Rosen regnen, mir sollten sämtliche Wunder begegnen ...« Schon seit dem Aufwachen spukte ihm dieser alte Hildegard-Knef-Song im Kopf herum. Rote Rosen, ja, die waren es gewesen, darüber hatten sie sich in ihrem ersten langen Gespräch nach der Auftragsunterzeichnung unterhalten. Seine »Bienenkönigin« war eine Rosen-Liebhaberin durch und durch. Sie schwärmte von der Vielfalt der Sorten und immer wieder bezeichnete sie die Rose als die Königin aller Blumen. Felix selbst interessierte sich nicht sonderlich für Blumen. Für dornenreiche Rosen schon gar nicht. Aber bei dieser Frau wäre ihm jedes Hobby recht gewesen. Er hätte sich selbst fürs Maultierreiten, das Züchten von Weinbergschnecken oder den Besuch eines internationalen Stacheldraht-Museums begeistert, nur um mit ihr, seiner Traumfrau, in Kontakt zu bleiben.

Zum x-ten Mal blickte Felix auf seine Armbanduhr. Es blieb noch genügend Zeit, um beim Blumenladen vorbeizugehen. Hier würde er einen kleinen Stamm alter englischer Duftrosen in tiefem Burgunderrot kaufen. Eingepflanzt in einen wunderschönen, handgedrehten Tontopf. Felix war stolz auf seinen guten Geschmack. Dieses Mitbringsel würde einfach perfekt sein! Vielleicht mutete dieses samtige, dunkle Rot ein wenig frivol an? Aber andererseits war sein Geschenk doch eine Botschaft. Er wollte, ja, er *musste* diese und keine andere Blume mit zu ihr nehmen. Vor seinem geistigen Auge sah Felix bereits dieses Funkeln in ihren grünen Katzenaugen, das weit mehr signalisierte als bloße Freude über sein wunderschönes Geschenk.

Schnell zog er jetzt den gestreiften Küchenkittel aus, um ihn gegen ein frisch gebügeltes Oberhemd mit von Hand eingenähten Schulterpolstern zu tauschen. Dann nahm er die hellgraue Flanellhose vom Bügelbrett, auf dem auch seine ordentlich gefalteten Socken und ein gestärktes Taschentuch lagen. Ja, Felix Hubertus Blaubach bügelte leidenschaftlich gerne, vor allem seitdem er sich das ultraleichte Bügeleisen mit Dampfdüse und Anti-Kalkschutz geleistet hatte.

»Eine gute Hausfrau erkennt man an den perfekt gebügelten Stofftaschentüchern!«, pflegte seine vor

Kurzem verstorbene Mutter zu sagen. Nun gut, er war keine Hausfrau, aber er war perfekt in Küche, Bad und WC. Und bald würde er Gelegenheit haben, seiner »Bienenkönigin« all sein Können zu demonstrieren. Schon sehr bald! Denn es war ja nur eine Frage der Zeit, dass die Rosenfreundin seinem unwiderstehlichen Charme erliegen würde. Und für sie würde er nicht nur die Bügelwäsche machen, so viel stand fest!

Unter einem wolkenlosen lichtblauen Frühsommerhimmel verließ Felix Hubertus das Haus in der Pfeffersackstraße. Bei jedem Schritt, den er machte, quietschten seine blank geputzten italienischen Spezialschuhe, die ihm satte fünf Zentimeter Zugewinn an Körpergröße bescherten. Das Modell »Ätna« verursachte leicht schmatzende Geräusche beim Laufen, die aber nur zu hören waren, wenn kein anderes Störgeräusch in der Luft lag. Dies waren seine besten Sommerschuhe. Und heute sollte, heute *musste* alles vom Feinsten sein.

Als der Kücheneinrichter leichten Schrittes den Ochsenmarkt überquerte, nahm er im Luftzug des Windes den schweren Duft seines eigenen Rasierwassers wahr. Felix war überzeugt, dass auch die »Bienenkönigin« der magischen Anziehungskraft dieses Duftes erliegen würde, einer Essenz, die schließlich bei seinem Vater schon zum Erfolg geführt hatte.

Halt, stopp! Hatte er das Bügeleisen wieder aus der Steckdose gezogen? Jetzt bloß nicht darüber nachdenken! Wenn er sich mit dieser Frage weiter beschäftigte, würde er das Thema für den Rest des Tages nicht mehr aus dem Kopf bekommen. Und sein Kopf musste frei bleiben für weitaus wichtigere Dinge.

In dieser verzwickten Lage behalf sich Felix sich mit einem psychologischen Trick. Er kam schließlich aus dem Beratungsgeschäft. Natürlich war ihm da die Methode der Autosuggestion vertraut: Er konzentrierte sich auf das friedliche Bild eines herausgezogenen, an langer Schnur frei herunterbaumelnden Bügeleisensteckers. Er baumelte und baumelte und Felix wurde innerlich wieder ruhiger. Siehste, geht doch!

Als Felix den Blumenladen betrat, machte die Ladentür ein melodisches Bim-Bam-Bim-Bam. Noch das Glockengeläut im Ohr, hörte er die zuvorkommende Frage: »Guten Tag, was kann ich für Sie tun, mein Herr? Wir haben heute wunderschöne gelbe Teerosen im Angebot.« Lächelnd grüßte Felix zurück.

»Das ist sehr freundlich, aber ich habe meine Wahl schon getroffen. Ich nehme den großen Topf mit dem dunkelroten Rosenstock dort hinten.«

»Chapeau, Sie haben einen ausgezeichneten Geschmack. Und Sie sind Rosenkenner, das habe ich gleich gemerkt«, erwiderte die zierliche alte Dame, die sich geschickt zwischen Töpfen und Vasen hindurchschlängelte, um zu den englischen Duftrosen zu gelangen.

»Ja, das ist eine Austin-Rose. Ihr Name ist Falstaff. Sie wissen schon, wie der Falstaff aus ›Die lustigen Weiber von Windsor‹. Hier, allein diese Farbe! Dieses tiefe Purpurrot! Und dann dieser Duft! Ich habe schon gestern so einen Topf verkauft. Nicht ganz billig, aber Qualität hat eben ihren Preis. Und unseren Falstaff bekommt man nicht beim Discounter, aber das muss ich Ihnen ja nicht erzählen!«

Obwohl es Sonntag war, hatte sich die Musikpädagogin Angelika Stiefelknecht an diesem Morgen eigens von ihrem tickarmen Tageslichtsimulator mit Urwaldtönen wecken lassen. Heute durfte sie nicht verschlafen! Um 11.00 Uhr kam dieser Küchenfritze, der Türen und Schubladen nachjustieren sollte. In einem Überschwang guter Laune hatte sie diesen kauzigen Typen auch noch auf ein Tässchen Suppe eingeladen. Gute Handwerker musste man sich schließlich warmhalten!

Die neue Wohnung war wirklich perfekt. Das französische Bett hatte sie extra frisch bezogen, und auf der tiefen Balkonbrüstung stand dieser wunderbare Topf mit dem üppig blühenden Rosenstock. Ach, ihre Freundin Irene würde begeistert sein! Angelika hatte ihre neue Bleibe ganz nach Irenes Geschmack in sanften Honiggelb-Tönen eingerichtet. Ja, sie tat alles für diese Frau. Hoffentlich würde ihre große Liebe den Absprung aus Kiel schaffen und an die Düwel ziehen. Dann wären sie endlich Tag und Nacht zusammen!

Aufgeregt wie ein verliebtes Schulmädchen lief Angelika nun ein paar Mal ziellos durch das große, lichtdurchflutete Wohnzimmer, in dem der elfenbeinfarbene Flügel einen prominenten Platz einnahm. Sie war voller Vorfreude, denn der heutige Abend würde nur ihnen und der Musik gehören. Sie hatte zwei Karten für das »Düweleum«, das örtliche Konzerthaus, besorgt. »Die lustigen Weiber von Windsor« standen heute Abend auf dem Spielplan! Dann fiel Angelika mit Schrecken die auf dem Herd simmernde Bouillon ein. Schnell lief sie in ihre neue Küche zurück.

Hoffentlich kam Irene mit dem neuen Herd klar. Die Lektorin Dr. phil. Irene Kalkengel war zwar eine überaus intelligente Frau, scheiterte aber oft an den kleinen Herausforderungen des praktischen Lebens. Sie verwechselte chronisch links mit rechts, auch wenn sie selbst am Lenkrad saß. Sie war ständig auf der Suche nach ihrer Lesebrille und verlegte jeden Schlüssel. Die Rufnummer vom Schlüsseldienst konnte sie immerhin auch im Schlaf aufsagen. Ja, es wäre gut, wenn sie nun bald zusammenleben würden. Und waren sie etwa kein perfektes Paar? Die Literaturfrau Irene und Angelika, die Musikkennerin! Das Schicksal hatte die Würfel wahrlich zu einem Doppelpasch geworfen. Mehr Glückspunkte konnte man nicht bekommen. Ach, Irene!

Der Blumentopf war schwerer, als Felix Hubertus Blaubach es erwartet hatte. Seine Arme schienen vom Gewicht des Tonkübels immer länger zu werden. Die ersten Schweißperlen bildeten sich über seiner sinnlich geschwungenen Oberlippe. Jetzt um Gottes willen nur nicht ins Schwitzen geraten, um dann rotgesichtig und schnaufend wie ein Heringsfischer auf ihrer Fußmatte zu stehen. Zum Glück waren es nur noch wenige Meter bis zum rettenden Klingelschild »A. Stiefelknecht, Musikpädagogin«.

Felix blieb stehen, um das Gewicht des Blumentopfes vom linken auf den rechten Arm zu verlagern. Seine Knie zitterten leicht, so eine Kraftanstrengung war er nicht mehr gewohnt. Inzwischen trugen seine Monteure alle schweren Teile. Jetzt bloß nicht schlappmachen! Nein, nicht so kurz vor dem Ziel seiner Träume! Fest umklammerte er den Blumentopf, der ihm auf gar keinen Fall aus den Händen gleiten durfte.

In seinem Kopf fügte er die Buchstaben ihres Vornamens zu einer Perlenkette: A wie Angebetete, N wie nur du allein, G wie Göttliche, E wie engelsgleich, L wie Lust, I wie immer und ewig, K wie Küsse ohne Ende, A wie Alpha und Omega. Ja, mit Angelika würde heute für ihn ein neues Leben beginnen. Und mit ihr und mit keiner anderen würde er sein Leben beenden.

Schon 10.55 Uhr. In fünf Minuten würde die Turmuhr von St. Godehard schlagen. Und dann würde dieser Küchenmensch hier aufkreuzen. Hoffentlich! Schnell hatte die Musikerin zwei Suppentassen »Friesisch Blau« auf den kleinen Frühstücksplatz in der neuen Küche gestellt. Daneben je eine sonnengelbe Serviette. Die Silberlöffel waren blank geputzt, in der schmalen Glasvase stand dekorativ eine einzelne Rose. Verführerisch dufteten die frisch aufgebackenen Blätterteigstangen, alles war perfekt! Ach, wenn doch endlich dieser Blaumann, dieser Blaubart, oder wie er hieß, käme! Hoffentlich blieb ihr noch genügend Zeit für ein kleines Schönheitsbad. Irenes Zug sollte um 14.20 Uhr ankommen.

Eigentlich hatte Angelika draußen auf dem Balkon decken wollen. Aber es waren ein paar dunkle Wolken aufgezogen, und in der Ferne war schon ein leises Grummeln zu hören, das sich, schneller als man dachte, zu einem handfesten Gewitter entwickeln konnte. In diesem Monat hatte es schon auffallend viele

Unwetter im »Nassen Dreieck« gegeben. Sicherheitshalber ging Angelika noch einmal auf den Balkon, um nachzusehen, ob alles sturmfest stand. Die neue Austin Rose in tiefem Dunkelrot hatte sie gestern erst im Blumenladen gegenüber gekauft. Sie bildete einen wunderbaren farblichen Kontrast zum grün leuchtenden Buchsbaumkübel. Die Rose »Falstaff« war wirklich ein seltenes Prachtexemplar!

Aber was war das? Aus den sattgrünen Blättern krabbelte eine brummende Biene auf die größte Rosenblüte zu. Angelikas Puls schnellte in die Höhe. Sicher hatte sie dieses Rieseninsekt, vermutlich eine leibhaftige Königin, mit dem Topf zusammen in ihre Wohnung getragen. Von alleine wird die Biene doch nicht zu ihr hoch in den 5. Stock geflogen sein!

Reflexartig nahm Angelika beide Arme nach vorn, um den Topf so weit wie möglich von sich zu schieben. Bei ihrer Bienengift-Allergie konnte schon ein einziger Stich lebensbedrohlich sein. Nicht auszudenken! Panisch schob sie die Blume bis zur Außenkante der breiten Balkonbrüstung. In diesem Augenblick fegte eine heftige Windhose durch die Innenstadt, riss Blätter und Äste von den blühenden Kastanien, schüttelte Büsche durcheinander, warf rostige Fahrräder und schwere Mülltonnen um wie Kinderspielzeug.

Felix Hubertus Blaubach umklammerte seinen Rosentopf so fest wie einen rettenden Anker. Der plötzliche Sturm ließ die ANGELIKA-Buchstaben in seinem Kopf wie wild durcheinanderpurzeln. Das äußere Geschehen um ihn herum war doch nichts anderes als ein genaues Spiegelbild seines Seelenzustandes. Nur noch drei Schritte waren es bis zu ihrer Haustür. Jetzt stand er genau unter ihrem Balkon.

Wie in Zeitlupe kippte der schwere Topf auf der Brüstung des Balkons im 5. Stock nach hinten. Für den Bruchteil einer Sekunde hing er schräg über dem Abgrund. Angelika starrte auf den scheinbar schwebenden Topf mit Biene, unfähig, das Unvermeidliche aufzuhalten. Mit puddingweichen Knien rettete sie sich schließlich zurück in ihre Wohnung.

Als sie den Kücheneinrichter Felix Hubertus Blaubach vorsichtig zur Seite rollten, blickten die Männer vom Rettungsdienst in ein rundes, lächelndes Gesicht. Es war ein entrücktes Lächeln, das etwas Debiles an sich hatte, wie es nur frisch Verliebte zustande bekommen. Über das frisch rasierte, wie durch ein Wunder nahezu unverletzte Gesicht kroch langsam eine große Biene, vermutlich eine Königin. Blaubach selbst lag inmitten von Tonscherben, Blumenerde und Rosenblättern. Die Wucht des herunterfallenden Blumentopfes hatte ihn wie mit einem Hammerschlag getroffen. Er musste auf der Stelle tot gewesen sein. Nur mit Mühe gelang es den Männern, seine beiden Arme von dem Rosentopf zu lösen, den er fest umklammert hielt.

Angelika lag in diesem Augenblick in ihrem Lavendelbad und erholte sich von dem erlittenen Schock. Felix Hubertus Blaubach hatte sie bereits von ihrer Liste der zuverlässigen Handwerker gestrichen. Der Mann hatte sie ganz ungalant versetzt, unglaublich! Sie hörte weder die Sirenen des Krankenwagens noch das Sturm-Klingeln von Kommissar Flachmann an ihrer Wohnungstür. Aus ihrem kleinen wasserfesten Radio auf dem Klodeckel schmetterte gerade lautstark die Knef ihren alten Song »Für mich soll's rote Rosen regnen«.

Und während Angelika noch im warmen Badewasser zur Ruhe kam, verabschiedete sich ihre Freundin Irene am Harburger Bahnhof lachend von der jungen Österreicherin, mit der sie während der Bahnfahrt so heftig geflirtet hatte. Nach einer herzlichen Umarmung tauschten die beiden Frauen noch im Weggehen ihre Visitenkarten aus. Ach ja, Wien!

»Wien, du Stadt meiner Träume!« Von Wien hatte sich Irene, die Kieler Sprotte, schon immer magisch angezogen gefühlt. Angelika würde das verstehen. Sie waren doch schließlich zwei erwachsene Menschen. Und war nicht das ganze Leben ein ständiger Wechsel von Abschied und Neubeginn? Genau in diesem Moment verdampften in der honigbraunen Vollholz-Küche die letzten Tropfen Bouillon auf dem rot glühenden Kochfeld.

Bloots mol to ’n Matjeseten …

De dree olen Fründinnen Gerda, Erna un Käthe seten dütt Mol tosomen op de Terrass vun de Iesdeel vun Wittendiek. Dat wöör Sommer un richtig scheun warm. Luigi, de Boos vun de Iesdeel, harr önnich wat to doon, veele Touristen wöörn üm düsse Tiet in den Noorden komen. Veele möken an de Noordsee Urlaub, föhren mit ’n Rad dör ’t Oole Land, besöchen de oole Hansestadt Stood oder föhren ok dör ’t gröön Groot-Düwelsflether Land.

Denn köömen se jichtenswann ok an Luigi siene Iesdeel vörbi. Erna, Gerda un Käthe harrn al ehre Iesbekers mit Straciatella, Malaga un Vanille verputzt un süchtsen lies un strecken de Been in de Sünn. »Ach, wat geiht uns dat doch wedder mol goot!«, meen Erna un wackel mit ehre Fööt in de Sünn un keek de Stroot lang, wo jüst mol wedder een Trupp Radfohrers op ’n Footpadd vörbisusen.

»Warrt ok jedet Johr mehr Touristen!«

»Is doch goot, wi hebbt dat hier doch ok scheun, de grönen Wischen, de grooten Bööm, de witte Sand, de Elv – dat kann ’n sik doch ok mol ’n Tour ankieken, wi hebbt dat ruhig un kommodig – sanfter Tourismus is dat, seggt Hein Tammsen.«, meen Käthe. Hein Tammsen wöör ehr Nohbor un de gröttst Buer ut Klütenmoor, siene Froo harr eenen Hoffloden, wo se al nu sülvst mookt Marmelood un Wust an de Touristen un een poor Lüüd ut de Stadt verköpen dä, de nich wüssen, dat de Marmelood egentlich vun 'n Discounter wöör. Meta möök eenfach ut root karierten Stoff lütte Deken üm de Marmelodenglääs un denn seeg dat ut as sülvst mookt.

»De Lüüd wüllt bescheten warrn!«, meen se. Sünnerlich veele Urlaubers, de op den Campingplatz »Bi de Brackelkuhle« in Klütenmoor Urlaub möken, hören to de Kunnen vun düssen Hoffloden.

Wenn de sanfte Tourismus noch mehr wöör in Tokunft, geev dat för de Klütenmoorer noch mehr Mööglichkeiten, Geld to verdenen, ok in Meta ehren Hoffloden.

»Sogor ut Bayern un wat weet ik woher koomt de Lüüd nu all to uns in'n Urlaub!«, meen Käthe. »Ik hebb mi all överleggt, wat ik nich mol in mienen Goorn ok mol een lütt Café moken schull. De Lüüd blifft nu foken al an mienen Goorntuhn stohn, kiekt mi op mien Huus un fotografeert mienen Goorn.«

»Du, dat is eene ganz famose Idee, Käthe!«, meen Gerda. »Wenn du dat moken wullt, ik help di giern, du weest jo – Koken backen köönt wi all ... un du hest dat scheunste Huus vun uns, mit Reetdack, un diene Stockrosen un Rosenstrüker sünd doch würklich een Pracht ... dat kunn ik mi ganz goot vörstellen, een Café ünner dienen Appelboom!«

»Genau! Un denn köönt de Lüüd denn glieks no blangenan wietergohn in Meta ehren Loden! För dree Stück Koken kunnst du jo glieks eenen Gootschien rutgeven för 10 Perzent Rabatt op Meta ehr Marmelood. Denn mackert ji beiden een beten tohoop!«

So ’n Idee kunn bloots vun Erna komen, de nich de Plietschste wöör, aver wenn ’t üm ’t Geldverdeenen güng, harr se jümmer eene Idee.

»Segg mol eben, Käthe - wi geiht Hein Tammsen dat egentlich - wo wi jüst över em snackt? De harr doch ok so dütt un dat ... wöör he nich no Kur hen?«

»Jojo, veer Weken in Bad Rothenfelde is he ween. Hett sogor noch Nohslag kregen, eene Week!«

»Un woans is denn Meta ohn em trechtkomen?«, frööq Gerda.

»Ach, dat weetst du doch, de beiden hebbt doch veel Arbeit an ’ne Hacken, man goot, dat se noch de Lehrjungs hebbt, mit den grooten Hoff un de Arbeit in’n Loden. Och jo, de arme Meta deit mi leed!«, süchts Käthe.

»Woso deit di diene Nohborsch denn leed, bloots wenn se ehren Keerl mol ’n Tour los is!? Dat ’s doch nich verkihrt, wenn de Mannslüüd mol ut ’n Huus sünd. Kannst doch denn ok veel beter reinmoken!«

»Ach, hest du dat denn gor nich mitkregen? Hein Tammsen hett sik doch in de Kur verleevt ... in sien Öller!«

»Wo oolt is he denn egentlich?«

»Och, so bi dreeunsösstig!«

»Ach, denn is he jo noch ’n jungen Keerl!«, rööp Erna, de al de 75 achter sik loten harr.

»Vertell doch mol, wat weest du denn doröber?«

»Naja, de hett dor in de Kur een Froonsminsch kennenliernt, ik glööv ut Breckhusen, gor nich wiet vun hier. Dat wöör jo dat Problem. Tsü, un Meta is dor achterkomen!

Se hett sik al jümmer wunnert, worüm Hein sik nich so foken meldt hett un wenn se em anropen hett, harr he jümmer jüst 'n Anwendung. No twee Weken is Meta dat een beten komisch vörkomen, dat he jümmer gor nich veel vertellen dä an 'n Telefoon, un denn is se los un hett em överraschen wullt. Un kiek – hett em Arm in Arm dropen mit siene Tussi ut Breckhusen! Wenn ik dat recht weet, is se sogor noch de Cousine vun Meta Tammsen ehren Swippswoger ...«

»Jüst so as domols mit mienen Erwin!«, rööp Gerda mit eenmol. »Weet ji dat nich noch?«

De dree Fründinnen nickköppen. »Jojo!«

Erwin – selig –, de Mann vun Gerda, wöör jo nu al twee Johr ünner de Eerd. Gerda harr em mol op eenen scheunen Sommerdag mitnohmen to 'n Joggen an 'n Diek un Erwin harr so richtig de Ehrgeiz packt un he wull Gerda partout bewiesen, dat he noch düchtig fit wöör. Dat harr em denn dat Leven köst, no fief oder söss Kilometer wöör he batz op de Stell tohoop sackt – Hartverseggen. Twee Johr wöör dat her, aver Gerda güng dat goot – se harr jo doch ehre gooten Fründinnen – un ehre Roh.

»Ik kunn jo dat noch vertellen, as wenn 't güstern wöör! Wöör jo nich mol so lang vör sienen Doot! Erwin schull jo afnehmen, un he harr dat jo ok mit Hart, wöör an de Oostsee dor. Dat ok jümmer jedereen sienen Kurschatten hebben mutt! Wo lang wöörn wi verheiraadt?«

»Över fiefuntwintig Johr!«, meen Erna. »Över fiefuntwintig Johr!« – »Eben!«

»Tja, dat segg ik di ... un denn hett he sik een Froo utsöcht in de Kur, de kööm ut ... ut ... dor in'n Süüdkreis, wo heet dat man noch ... mit H ... Nu hebb ik dat – Hoosendörp – de kööm ut Hoosendörp un wöör sogor noch Vörsitter bi de Landfroons, ik hebb ehr sogor noch kennt!«

»Stimmt! Kann ik mi an besinnen!«, rööp Erna. »Un woans is dat denn domols utgahn mit Erwin un ehr?«

»Wat heet utgahn? Ik bün jo an eenen scheunen Wekenend ok mol 'n Tour henföhrt un wull em besöken, Erwin nich in Hotel un nich op 'n Zimmer, nich in'n Wellnessbereich. Wo hebb ik em funnen? Seet in Strandkorv mit de ... dat ... Froonsminsch! An 'n Rümpoussieren. Ik hebb dat mit miene egen Ohren höört dütt Mmmmmhhhhh! Sehn kann ik villicht nich jümmer mehr so goot, aver hören – dat klappt noch allerbest, dat weet ji beiden ok! Erwin hett sik jo bannig verjoogt, as ik denn mit eenmol vör em stünn! Un denn düsse dösige Snack, överhaupt de dösigste Snack vun de Welt: ›Dat is nich so as dat utsüht, leeve Gerda.‹ Ik hebb de beiden miene Handtasch links un rechts mit Schisslaweng üm de Ohren slogen un hebb mi op 'n Hacken ümdreiht un bün wedder no Huus. Nich een Woort hebb ik mit em snackt. Nich een Woort, dor wöör jedet Woort to veel! Aver weetst du, wat düsse Tussi to mienen Erwin sä?«

»Nee, vertell mol, wat denn?«

»De sä doch tatsächlich: ›Erwin, mein Schatz, lass doch diese hysterische Alte!‹ Also, wat toveel is, dat is jo würklich toveel. So eenen Hass harr ik, so eenen Hass! Sowat vun respektlos!«

»Un hett he ehr denn mol weddersehn?«

»Nee, dat glööv ik nu jüst nich. Wenn se an 'n Telefoon wöör, hebb ik glieks wedder opleggt un hebb seggt ›Falsch verbunnen!‹. Un de Post krieg ik jo ok jümmer toeerst to sehn. Un ik mutt ehrlich seggen, Erwin wöör jo so lütt mit Hoot as he wedder in'n Huus wöör, hett sik dusend Mol entschülligt un kööp mi Blomen un wat weet ik allens. Aver düsse Woot, düsse unbannig Woot op dat Froonsminsch, de kann ik vundoog noch föhlen, wenn ik dör an denken do!«, vertell Gerda. »Unbannig Woot, wat de sik inbildt. Föhrt eenmol no Kur un sleppt mienen Mann af! Aver nich mit mi, nich mit Gerda Reimers!«

»Gerda, nu beruhig di doch, dat is nu doch al een poor Johr her!«, begöösch Käthe.

»Jo, dat weet ik – vör allen leevt Erwin jo nu nich mehr! Kann nix mehr passeern!«

»Sühst du woll!« Gerda japp önnich un nöhm noch eenen Sluck vun ehre Bruus.

»Aver, nu segg doch mol, loot uns mol över wat ganz anneret snacken, woans wöör dat denn letzt mit joon Landfroonutflug? Wo wöörn ji – Matjeseten in Glücksstadt?«, fröög Käthe.

»Jo jüst dor wöörn wi beiden mit de Landfroons!«, rööp Erna, »du harrst jo keen Tiet, du wöörst doch mit diene Skotsüstern no dütt Konzert vun de ›Amigos‹.«

»Dat wöör ok ganz fein!«, wehrt Käthe af. »Du, de hebbt önnich Stimmung mookt, wi hebbt all mitsungen, dor in't Stadion!«

»STADEUM heet dat!«, verbeter Gerda. »Also ik weet nich, oole Mannslüüd gifft dat in Klütenmoor al noog, dor bruuk ik nich ok noch dörtig Euro för to betohlen!«

»Nee, Gerda – de beiden de hebbt sik noch goot holen, de seht noch ganz passabel ut för ehr Öller!«

»Jo, ut de föffteihnste Reeg jo! Dröffst jem bloots nich vun dichten sehn. Un düsse Roland Kaiser, de is ok oolt worrn, findt ji nich – ik hebb em letzt in'n Feernsehn ...«

»Käthe, dor hebb ik nich no froogt!«, gnatter Erna, de dat nich passen dä, wenn Käthe jümmer vun wat anneret anfüng. Käthe harr dat nu mol mit den Promis un de Königshüüs. To'n Dokter un to'n Putzbüdel güng Käthe vör allen wegen de Zeitungen, de dor liggen däan.

»Also, dat Matjeseten, dat wöör ganz famos! Toeerst wöörn dor noch so 'n poor junge Lüüd vun de Theatergrupp ut Glückstadt, de hebbt noch Sketche speelt un achteran geev dat denn wat to eten. Wöör echt kommodig. De Landfroons ut Hoosendörp un Wittendiek wöörn jo ok noch mit, wi wöörn dor mit 3 Bussen hen. Wi sünd jo önnich loot wedderkomen, wöör jo obends ... un denk di, Käthe – op 'n Trüchweg hebbt wi noch vun wieten op de Elv de ›Queen Elisabeth‹ seen!«

»Queen Elisabeth?« Käthe kreeg ganz groote Ogen, »wat mookt de denn in Glückstadt ... Mann, wenn ik dat weten harr, dat de ok dor wöör, denn so harr ik de Amigos susen loten, de Queen wull ik doch ok mol giern sehn ... wo se nu ehr Thronjubiläum hett ...!«

»Mann, Käthe – doch nich de Froo, nich de Königin!! Wi hebbt dat Schipp sehn! Wat schall denn de Queen op de Elv??«

»Ik hebb mi jüst 'n beten wunnert! Aver harr jo ween kunnt ...«, grummel Käthe, de sik nu een beten dösig vörkööm as de annern över ehr lachen.

»Aver hebbt ji denn wat mitkregen vun düssen Unfall op de Elv, dat wöör doch vergohn Dünnersdag!«, lenk Käthe nu gau wedder af. »Hebbt ji dat nich in't Blatt leest?«

»Wat för 'n Unfall denn?«, fröög Gerda.

»Ach, Deern, dat müss du doch leest hebben! Een Froo ut Bayern is in de Elv fullen un afgluckert. Se hebbt ehr eerst no fief Doog wedder funnen, dor is se wedder opdückert, sotoseggen! De Mann wöör totaal vertwiefelt un se hebbt allens afsöcht, aver wöör jo al düüster!«

»Ut Bayern?« Gerda full dor nix to in.

»Doch, wiss – wöör sogor in de Regionalnohrichten, bi ›News ut 'n Groot-Düwelsflether Land!‹, vertell Käthe nu stolt un frei sik, dat se ok mol wat wüss.

»Dor is een Ehpoor ween ut Bayern – Bütikofers hebbt de heten, un köömen ut Tittenkofen. Dat hebb ik mi noch markt, wo dat so 'n afsünnerlich Naam is!«

»Jo, und?«, fröög Erna.

»Jo, nu tööv doch. Düsse Lüüd sünd bi ehre Dochter ween, de op de Seehundstatschon in Friedrichskoog arbeidt, se studeert Meeeresbiologie!«

»Tschä, so'n Tühnkroom hett 'n fröher ok nich kennt!«, grummel Gerda.

»Op alle Fäll sünd düsse Bütikofers vun Friedrichskoog trüchkomen un hebbt de letzt Fähr Klock 11 nohmen, ji mööt de villicht sogor sehn hebben!«, meen Käthe.

»Jo, Gerda, dat stimmt – mit de letzt Fähr sünd wi doch ok komen!«, meen Erna un keek ehre Fründin an. »Hest du jem sehn?«

»Ik? Wat hebb ik mit Fro Bütikofer to doon?«, fröög Gerda kott.

»Nix, ik dach bloots - naja, ji wöörn doch mit so veele Landfroons, dor mutt doch eener wat sehn hebben, wenn dor eener över Boord fallt, dat kummt doch nich so eenfach. De Boordwand is doch ok een beten höger, düch mi ...!«

»Wat schall dat?« Gerda wöör nu argerlich. »Wat geiht mi düsse Tourist ut Bayern an?«

»Nix, ik dach bloots, du harrst villicht wat sehn?«, meen Käthe.

»Nee, hebb ik nich, un nu is Sluss!« Gerda wöör nu richtig füünsch.

»Gerda, wat is mit di denn los? Du büst doch anners nich so komisch! So büst vundaag so glupsch, eerst vertellst du uns lang un breet vun Erwin - selig- un siene Kur vör veele Johr un nu reagierst du so appeldwatsch, wenn wi över düsse Froo ut Bayern snackt. Dor stimmt doch wat nich!«

»Un wat schall dor nich stimmen?« Gerda wöör noch jümmer böös, aver ehre Stimm bever ganz licht.

»Gerda, du weetst wat! Du büst doch noch an Deck gohn, as wi dor ünnen seten in de Kantin un hebbt dor ünnen Knackwust eten!«

»De schüllt jo goot smecken!«, meen nu Käthe. »Schüllt de besten Knackwust ween in'n ganzen Groot-Düwelsflether Land!«

»Nee, Gerda - nu mol ganz ehrlich, wenn du wat sehn hest, denn mööt wi dat fuurts bi de Polizei mellen, de hebbt doch den Vörfall optokloren, denn mööt wi dor anropen!«

De beiden Fründinnen keken sik verbiestert an, as se mit eenmol sehn, dat Gerda Tronen in de Ogen harr.

»Gerda, mien Deern!«, rööp Käthe, »wat is nu denn op eenmol, du büst jo meist an 'n blarren, wat is nu denn los?«

»Ik hebb dat doch nich wullt!«, snuckert Gerda.

»Wat hest du nich wullt?«

»Düsse Froo Bütikofer! Ik kann doch nix dorvör, dat hebb ik nich wullt, ganz ehrlich nich, dat mööt ji mi glöven!«

»Wat hest du nich wullt?« – »Dat se glieks afgluckert! Ik wull ehr doch bloots een Denkzeddel verpassen un dach, se kunn woll to de lütte Sandbank henswimmen, de wöör doch bloots een poor Meter wiet ...«

»Also, ik verstoh nu gor nix mehr«, meen Erna un lehn sik trüch, »bloots Bahnhoff!«

»Naja, dat is jo nich dat eerste Mol, nich!«, meen Käthe spitz, se sülvst kapeer de Geschicht aver ok noch nich.

»Kiek mol, ji wöörn doch ünner Deck, hebbt Koffie drunken un noch Knackwust eten. Ik sülvst wull doch lever noch een beten frische Luft hebben un bün an Deck gohn, un dor wöör dat doch al teemlich schummerig. De Elv wöör ganz sacht un dat Woter glucker liesen un ik hebb dor so 'n Tiet stohn. Miteenmol hebb ik ehr sehn, de Froo, de mi mienen Erwin wegnohmen hett. De Tussi hebb ik fuurts wedder kennt, de Landfroonvörsitter ut Hoosendörp. Kotte griese Hoor, eene blaue Jack an un een witte Büx an. Un as ik mi blangen ehr stellt hebb, hett se mi ok noch angrient. Dor kööm mit eenmol wedder düsse unbannige Woot, vun de ik vörher snackt hebbt, düsse unbannige Woot, un dor hebb ik dacht, dat lettst do nich mit di moken, Gerda Reimers, nee, du nich! Düsse unbannige Woot, segg ik jo ... un denn ... ik hebb dat Froonsminsch an de Been packt un mit een Wuppdi över Boord smeten.

Hett eenmol liesen platscht, aver sehn hett mi nüms, de annern seten jo meist in't Auto oder wöörn ünner Deck ... ik hebb dat felsenfast glöövt, dat dat de Kurtussi ut Hoosendörp wöör. Wat kann ik dorför, dat se jüst genauso utsüht!!«, snucker Gerda.

»Aver Gerda, wi hest du dat denn anstellt, de över Boord to kippen? De is doch wiss swoor ween!«

»Naja, dat güng so ... ik hebb doch bi de Volkshoochschool een Kurs mookt mit Sülvstverdedigen. Dor hebbt wi ok sowat liernt, so eenfach Grepen mit Hebelwirkung ...!«, meen Gerda nu doch mit Stolt in ehre Stimm.

»Ik bün baff!«, meen Käthe.

»Na – un ik eerst ... ik bün sprookloos!«, meen Erna nu ok.

»Dat kummt jo nich foken vör!«, anter Gerda. »Un wat schall ik nu moken?«

»Moken? Wullt du di sülvst anzeigen? Du mookst gor nix! Un wi ok nich!«

»Kiek mol, Gerda, as mien Korl an düsse Pilzvergiften doot bleven is, hebbt ji dor wat seggt?« – »Nee!«

»Un as ji wies worrn sünd, woans mien Johann vun de Welt komen is?«

»Nee!«

»Kiek, un so mookt wi dat dütt Mol ok. Ik swieg still, du swiegst still un wi swiegt still – un Kommissar Flachmann weet ok nix!« De dree Fründinnen gnickern – de ne'e dösige Kommissar harr noch nie jichtenswat rutfunnen.

»Kiek, so mookt wi dat – un dormit goot!« De dree lehnen sik trüch un Käthe wink den Kellner: »Luigi, bringst du nochmol eben dree Prosecco, för mi un miene besten Fründinnen?«

Petersburger Schlittenfahrt

Vanilleeis, Schokoladeneis, Himbeersorbet! Früher hätte sie nicht sagen können, welche Eissorte ihr eigentlich am besten schmeckte. Heute aber hasste sie Eis. Besonders, wenn aus dem Dachgeschoss die immer schneller werdenden Passagen aus der »Petersburger Schlittenfahrt« zu ihr nach unten dröhnten. Oh, wie gerne hatte sie als Kind diese mitreißende Salonmusik mit Glöckchenklang und Peitschenknall alle Jahre wieder zur Weihnachtszeit gehört! Und jetzt?

Seit Ludmilla mit dem alten Hinrich Rövenstrunk verheiratet war, gehörte die Sache mit der Musik und dem Eis laut Vertrag zu ihren Pflichten als Ehefrau. Und jeden zweiten Tag hatte Ludmilla diese Klausel zu erfüllen. Das war eben der Preis, wenn man einen mehr als vierzig Jahre älteren Gatten hatte, bei dem in jeder Hinsicht tote Hose war, den es aber ständig nach italienischem Eis verlangte. Ja, wenn Hinrich seine Gier einfach ordentlich am Tisch sitzend gestillt hätte! So aber, wie es der Alte tat, hatte Ludmilla wahre Höllenqualen zu erleiden.

Sobald nämlich die »Petersburger Schlittenfahrt« durchs Haus schallte, musste sie eines ihrer knappen schneeweißen Dessous anziehen, dazu ein passendes Häubchen oder Mützchen. Am liebsten hatte es Hinrich, wenn sie dieses pelzverbrämte Nichts aus hauchdünner Tüllspitze trug, zu dem eine kleine Pelzmütze mit neckischen Hasenohren und Bommeln gehörte.

Die wiederum passten genau zu dem Riesen-Pompon, der in der Mitte des Spitzentangas genau über ihrem knackigen Po angenäht war. Was für ein Auftritt!

»Millalein! Wo bleibst du denn, mein Hoppelchen?«

Leise fluchend stieg Ludmilla aus ihren engen Jeans und zog das T-Shirt über den Kopf, um sich dann so schnell wie möglich in die den Ehemann anmachende Wäsche zu werfen. Bei Verweigerung drohte Totalenterbung. Nicht gerade das, wovon sie träumte, zumal sie so eine Schlappe schon einmal erlebt hatte. Die geldgeilen Kinder ihres ersten Mannes hatten sie als junge Witwe mit einem Notgroschen abgespeist.

Während Ludmilla sonst beim ersten Ton der »Petersburger Schlittenfahrt« zum Kühlschrank eilte, um eine große Kristallschüssel mit mindestens fünf verschiedenen Eissorten zu füllen, hatte sie heute schon am frühen Morgen Vorbereitungen getroffen, und eine große Portion stand fix und fertig im Gefrierfach. Dieses Mal sollte ihr Gatte wirklich genug bekommen! Vorsichtig stellte sie die Schüssel mit dem knallharten Eis für ein paar Sekunden in die Mikrowelle, um es weicher und geschmeidiger zu machen. Anschließend rührte sie noch einen halben Messbecher mit zerstoßenen Eiswürfeln unter. Fertig!

»Ludmilla, wo bleibst du denn, du faules Luder? Hast du auch an das Pistazien-Eis gedacht?«, brüllte Oberfinanzdirektor a.D. Hinrich Rövenstrunk aus Groß-Düwelsfleth ungeduldig durchs Haus. »Glaubst du etwa, du kannst hier eine ruhige Kugel schieben? Denk an unseren Ehevertrag und halte dich an die

Abmachung, sonst ... Also los, beweg deinen Mors! Ich will nicht ewig warten.«

Immer schneller hetzte nun auf dem fossilen Plattenspieler im Dachgeschoss der Bruchsteinvilla André Rieu mit seiner Wundergeige durch die »Petersburger Schlittenfahrt«. Das schwungvolle Stück aus der Feder des russlandbegeisterten Komponisten Richard Eilenberg war zu Ludmillas persönlicher Horror-Musik geworden. Sie konnte und wollte diesen vertraglich geregelten Schwachsinn nicht länger ertragen. Andererseits gab es da aber auch eine saftige und vor allen Dingen sichere Pension. Und hatte sie sich nicht schon immer zu wehren gewusst, wenn es ihr einfach zu viel geworden war?

Wie ein mutiertes Schneehäschen stand Ludmilla mit dem großen Eispokal im Türrahmen des ehelichen Schlafzimmers. Auch Hinrich hatte sich zurechtgemacht: Er lag als ferkelrosafarbener Fleischberg mitten auf dem eisblauen Bettlaken. Gleich würde sie wieder rittlings auf ihm sitzen müssen, um ihn dann Löffel für Löffel im Takt der Galoppmusik mit Gefrorenem vollzustopfen. Ludmilla setzte ein noch süßeres Lächeln auf als sonst.

Die ersten Portionen rutschten dem Alten wie Öl in den Rachen. Schon gab er ein wohliges Grunzen von sich, dem eines erregten Ebers nicht unähnlich. Hinrichs dünn bewimperte Augen zogen sich zu blinzelnden Schweinsäuglein zusammen, während er schmatzend den Mund öffnete. Dann wieder riss er die Augen weit auf, verdrehte die Pupillen nach oben und leckte sich genüsslich mit seiner fleischigen Zunge über die mit Eis verschmierten Lippen.

»Mehr, mehr, weiter so, dawai, dawai! Schneller, mehr, mehr, du kleine Schlampe«, schnaufte er nun zwischen den einzelnen Löffeln. Dann hatte er auch schon den ersten glasklaren Eissplitter in der Kehle hängen, den er nicht hinunterbekam. Aber Ludmillas Lächeln war wie eingefroren und gänzlich ungerührt von seinen nun gurgelnden Lauten schob sie konzentriert Löffel für Löffel nach.

Gegen diese eisigen Liebesgaben konnte sich Hinrich nicht wehren, denn wie immer hatte er von ihr verlangt, ihn mit Seidenstrümpfen an den vier schlanken Pfosten des Bettes zu fixieren. Ein wenig origineller, aber heute sehr wirkungsvoller Regieeinfall des vormaligen Oberfinanzdirektors. Zwar hampelte er ein wenig schwerfällig hin und her, mehr war jedoch nicht drin; die Luft wurde ihm knapper und knapper. Und Ludmilla löffelte und lächelte, lächelte und löffelte.

»Charascho, charascho, mein Liebster! Und noch ein Löffelchen für die liebe Ludmilla, eins für den alten Rasputin und noch eins für den starken Putin. Dawai, dawai, Chinrich!« Zu guter Letzt kleisterte sie ihm auch noch die großen runden Nasenlöcher mit einer Extra-Portion Pistazien-Eis zu.

»Pistazien-Eis, das wolltest du doch unbedingt haben, mein Liebling. Bist du nun zufrieden?«, flötete sie zuckersüß. Dabei machte sie wie ein Rodeoreiter auf einem störrischen Gaul ein paar heftige Hopser auf dem dicken Bauch des Gatten, wobei ihr kleiner Fellpuschel am Mors rhythmisch mithüpfte. Schließlich gab der gute Hinrich keinen Mucks mehr von sich. Mit verdrehten Augen, das Gesicht gänzlich zugekleistert mit Eis in allen Regenbogenfarben, lag er auf dem leuchtend blauen Laken wie ein zur Strecke gebrachter Polarbär, während die Eissplitter in seinem Rachen langsam schmolzen.

Dr. Emmanuel Tischbein, der junge Allgemeinmediziner aus Klütenmoor, kam kurz nach seinem Eintreffen zu dem Schluss, dass es sich hierbei zweifelsfrei um einen Todesfall durch Ersticken handelte. Er dachte aber nicht im Traum daran, die Kripo einzuschalten. Der Mediziner kannte und schätzte den Düwelsflether Kommissar Oskar Flachmann zwar privat, hielt ihn aber in fachlicher Hinsicht für einen nervigen Klugscheißer und lästigen Schnüffler. Eine zeitaufreibende Fragestunde wollte er sich und der schönen jungen Witwe in jedem Fall ersparen. Also stellte Tischbein einen Totenschein aus, an dem es nichts zu rütteln gab: akuter Kreislaufzusammenbruch mit Herzstillstand. Bums, das kam leider vor in diesem kritischen Alter!

Die frischgebackene Witwe, die nach wie vor im Schneehasen-Kostüm steckte, hetzte durch die alte Villa, um Hinrichs Bettwäsche zur Waschmaschine zu bringen. Ach, sie war wirklich eine Augenweide, ein richtiges Mordsweib! In Tischbeins Nähe schluchzte sie besonders herzerweichend. Und dass ihm Ludmilla trotz des soeben erlittenen schmerzlichen Verlustes ein Schälchen Himbeersorbet anbot, hatte das nicht mehr zu bedeuten?

Genüsslich löffelte der Doktor an seinem Schälchen. Es fiel ihm schwer, ruhig zu bleiben. Wann hatte er solche Gefühle zuletzt erlebt? Lichtjahre musste das zurückliegen. Nun ja, auf einen Mann wie ihn, schmalbrüstig und blass, unsportlich und schüchtern, kamen hochgewachsene weißblonde Häschen-Frauen mit Endlos-Beinen eher selten zu.

»Ja, selbstverständlich können Sie mich zu jeder Tages- und Nachtzeit anrufen, gnädige Frau, wenn es Ihnen nicht gut geht. So ein plötzlicher Tod des Partners ist häufig schwer zu verkraften, gnädige Frau ...«

»Ach, sagen Sie doch einfach Ludmilla zu mir.«

Da hatte sich der Doktor fast an seinem letzten Löffel Eis verschluckt.

Ludmilla war im Nachhinein froh, dass sie nicht wieder Oma Olga bemüht, sondern sich für die Löffel-Methode entschieden hatte. Ihre Babuschka ging inzwischen auf die hundert zu, was aber kein Hinderungsgrund dafür gewesen wäre, die alte Dame erneut aus St. Petersburg einfliegen zu lassen. Nein, es wäre einfach zu riskant gewesen, Hinrich auf ähnliche Weise zu beseitigen wie Karl-Hugo, ihren Ehemann Nummer eins und schwerreichen Düngemittel-Fabrikanten aus Klein-Düwelsfleth.

Damals war ihre Großmutter als altes, scheinbar tüddeliges Muttchen angereist. Sie hatte mit dem Kopf gewackelt und den Händen gezittert. Außer der unglücklich verheirateten Enkelin Ludmilla wusste niemand, dass die Alte wie ein Automat funktionierte, sobald man ihr eine Knarre in die Hand drückte. Dann war Babuschka die Ruhe selbst, kein Zittern, kein Wackeln, kein Garnichts mehr. Dann konnte sie selbst aus größter Entfernung – mit einem Blick so klar wie Wodka – einer Plattbauchlibelle die großen Vorderflügel wegpusten.

Oma Olga war eben der »Shootingstar« in Ludmillas Großfamilie. Gelernt ist gelernt, aber darüber sprach die zierliche, bescheidene Dame aus dem fernen St. Petersburg nie. Dass sie im Krieg als Scharfschützin den höchsten unter allen zu vergebenden Orden erhalten hatte, ging niemanden etwas an. Diese Geschichte gehörte zu einem mehr als düsteren Kapitel ihrer Biografie, das sie in ihrem alten Herzen still für sich bewahrte. Aber wenn die eigene Enkelin in großer Seelennot war, dann musste sie einfach handeln.

Und so hatte sich die im Partisanenkampf erfahrene Babuschka vor gut drei Jahren in dunklen Strumpfhosen, einem schwarzen Kapuzenpullover, behandschuht und mit rußgeschwärztem Gesicht an eine sehr illustre Jagdgesellschaft herangepirscht. Zu diesem Zeitpunkt waren schon alle, auch der geizige und sexsüchtige Ehemann des geliebten Enkeltöchterchens, beim Hochprozentigen angelangt. Eine Geschichte nach der anderen hatte die angeschickerte grüne Gesellschaft in bestem Jägerlatein von sich gegeben: »Weisss du noch, damals dieser kapitale Bock, dieses Riesentier im Klütenmoorer Eichengrund ...«

Und auf Drängen der schießwütigen Waidmänner hatte Hildegard Eberstein, die Direktorin der Klein-Düwelsflether Molkerei, auf ihrem glänzenden Horn ein paar Mal das Jagdsignal »Sau tot« zum Besten gegeben. Nein, was für ein Lungenvolumen diese Fachfrau für Milch doch hatte! Der ging die Luft einfach nicht aus!

Bei diesem geselligen Treiben am Lagerfeuer hatte niemand Ludmillas Babuschka bemerkt. Unerkannt hatte Oma Olga aus einem offenen Jagdwagen gleich zwei Knarren mitgehen lassen, um dann von einem zwischen dunklen Kiefernzweigen verborgenen Hochsitz aus das geizige Herz von Ludmillas ungeliebtem Gatten auf optisch ähnliche Weise zu perforieren wie die Abrisskante eines dreilagigen Klopapiers. Nun war endgültig Schluss mit diesem von Ludmilla so gehassten Satz »Milla, mein Täubchen, die Flinte will geladen sein!«, wenn sich Karl-Hugo die blauen Pillen in den Rachen geschmissen hatte.

Nach Babuschkas Blattschüssen war unter der Jagdgesellschaft verständlicherweise ein großes Chaos entstanden, sodass die alte Dame aus Petersburg in aller Ruhe unbemerkt von ihrem Hochsitz herunterklettern konnte. Diskret legte sie beide Waffen zurück, um dann durchs Unterholz im Eichengrund wieder nach Hause zu huschen.

Während der Ermittlungen durch die Sonderkommission »Blattschuss« unter federführender Leitung von Kommissar Oskar Flachmann und seiner Assistentin Svenja Erlenbrook lag die Alte, zahnlos hustend, mit leerem Blick und einer Pelzmütze auf dem schütteren Haar, in ihrem Bett. Niemand konnte sie verstehen, sie sprach vermutlich einen altrussischen Dialekt, sozusagen ein »Russisch op Platt«, an dem auch die extra herbeigerufenen Polizeidolmetscher scheiterten. Babuschka war nicht nur eine treffsichere Schützin, nein, sie war auch eine begnadete Schauspielerin, die sich, sobald die Luft wieder polizeirein war, ihren mit Jägermeister verfeinerten Kamillentee hinter die Binde goss. Zudem hatte sie bei diesem ausgedehnten Besuch in Norddeutschland ihre grenzenlose Leidenschaft für Klütenmoorer Kaffeebrot entdeckt. Ja, wie heißt es so schön? Man ist eben nie zu alt, um noch Neues kennenzulernen!

Nach ihrer dritten erfolglosen Befragung machte die Sonderkommission »Blattschuss« einen großen Bogen um Babuschkas Zimmer. So ein verwirrtes Mütterchen Russland hatte ohnehin nichts Klärendes zu diesem Fall beizusteuern, das stand für Kommissar Flachmann und sein Team fest. Und als die schwachbrüstige Alte nach ein paar Tagen wieder durchs Haus schlurfte, da zitterte sie so gekonnt wie Espenlaub, nicht einmal fähig, ein Tässchen Tee waagerecht in der Hand zu halten. Eine so hinfällige Greisin kam weder als Zeugin noch als Tatverdächtige in Betracht. Auch das war allen schnell klar geworden. Unklar blieb lediglich der Rest der Geschichte.

Nun blättert der Kommissar aus Groß-Düwelsfleth noch immer in regelmäßigen Abständen in den Akten der mittlerweile aufgelösten Sonderkommission »Blattschuss«, ohne zu einem Ergebnis zu kommen. Und jedes Mal läuft ihm beim Lesen wieder ein Schauer über den Rücken, weil der seit Jahren gesuchte Todesschütze – vielleicht waren es sogar mehrere Personen – noch einen weiteren Schuss abgegeben hatte. Wie aus dem Nichts war bei diesem letzten Knall Flachmanns Auerhahnfederchen vom grünen Lodenhut abrasiert worden. Ja, Flachmann selbst befand sich bei diesem überaus mysteriösen Todesfall als Treiber am Tatort.

Das war Oma Olgas Abschlusstreffer gewesen, den sie aus Hildegard Ebersteins Waffe abgefeuert hatte. Mit einem großen Seufzer hatte die alte Dame das teure Gewehr wieder ordentlich in den Geländewagen zurückgelegt. Sie wollte nicht wahllos töten, daran lag ihr nichts. Aber im Winter wurde sie 96 Jahre alt und wer wusste schon, wie stark »Genosse Eiswind« diesmal an ihren Lungenflügeln rütteln würde? Würde sie überhaupt noch einmal die Gelegenheit haben, eine Waffe in ihren Händen zu halten?

Dieser äußerst spektakuläre Fall war nicht nur mehrfach durch die lokale Presse gegangen, er war auch über Wochen hinweg *das* Kaffeeklatsch-Thema bei Erna, Gerda und Käthe, den drei unternehmungslustigen Witwen aus Klütenmoor. Vielleicht sollten sie Ludmilla mal auf ein Tässchen Kaffee einladen? Sie wohnte doch gleich um die Ecke und bestimmt hatte man sich viel Interessantes zu erzählen.

Die schöne Doppelwitwe Ludmilla, die nun aus Pietät und Taktgefühl nur noch schwarze Dessous ohne jeden Schnickschnack trägt, leidet seit dem Ableben ihres geliebten zweiten Ehemannes häufig an hartnäckigen, nicht zu diagnostizierenden Wehwehchen, gegen die nur der junge Doktor Tischbein stets das richtige Mittel hat. Es geht doch nichts über enge Familienbande und einen zuverlässigen Arzt, der zu jeder Tages- und Nachtzeit Hausbesuche macht!

Aantengrütt satt

Käthe Meyer ehr Golf rull lies över den glatt harkten Kiesweg, de dree Fründinnen keken neeschierig no vörn - dor wöör dat: dat Slotthotel, wo se een Wekenend verbringen wullen.

Witte Müern, helle Finster un de groote Freetrepp, eene Linnenallee güng op dat Slott to, dat in'n fröhen Obend al wunnerbor anstrohlt wöör. Vörn in dat Roosenbeet stünn een groot Schild »Schloßhotel Gravenhagen ****«.

Dat Slott leeg in eenen grooten Park, oole Bööm stünnen üm dat Slott un lütte Beek un Seen rund üm dat Huus mööken Lust op eenen Spazeergang.

»Kiekt jo dat mol an, Deerns!«, rööp Käthe, de ehr Auto op 'n Parkplatz afstellt harr. »Dat süht doch önnich no wat ut, oder? Dat warrt uns woll behogen!«

De Fründinnen krabbeln ut dat Auto rut un strecken sik eerstmol lang.

»Mann, ik bün meist 'n beten stief no de Kutscheree! Veer Stünnen in'n Auto – dat kannst al in de Knoken marken!«, meen Gerda un zockel ehren Kuffer nu achtern ut 'n Kufferruum. Bloots Erna, de drüdde Fründin, seet noch in'n Auto.

»Tööv, Deern! Wi helpt di glieks mol eben gau!«

Erna kunn slecht lopen, se harr een dick Knee, wöör letzt bi'n Finsterputzen vun de Ledder rünnerfullen. Erna kunn dat nich eenfach loten, se möök jümmer noch de Huusarbeit ganz alleen un wull ok keen Hölp hebben un dat mit meist achtig Johren. Gerda kreeg eenen Klapprullstohl, den se sik bi 't Roote Krüüz utlehnt harr ut den Kufferruum un kööm bit to Erna ehre Döör.

»So, Erna - un nu mit een Wuppdi!« De beiden Fründinnen hoken Erna in un verfrachten ehr in de Rullstohl, Erna stöhn liesen, sä aver nix, se wüss ok, se harr sik dat nu sülvst inbrockt, aver man goot, dat de Fründinnen ehr liekers mitnohmen harrn in dat Wekenend op dat Slotthotel, so lang harrn sik de dree dor al op freit - un nu sowat! So lang harrn se dor al vun snackt, nochmol een Wekenend wegtoföhren.

Käthe harr jo jümmer noch een beten Geld över, nodem se den Mercedes vun ehren Korl - selig - verköfft harr, de vör dree Johren ganz mit eenmol an een appeldwatsche Pilzvergiften doot bleven wöör. Eenmol wöörn de Fründinnen al op'n Wekenend an de Oostsee ween, dütt Mol güng de Tour no Meckelnborg.

Gerda un Käthe rullen Erna den Weg no de Rezepschoon rop un trecken ehre lütten Rullkuffers achter sik ran. Se freien sik al op dat Obendbrooteten - Halfpenschoon wöör in'n Pries binnen un se harrn al veel höört över dat goote Eten un den erlesenen Wien vun Slotthotel Gravenhagen.

Jüst as se in de Rezepschoon gohn wullen, kööm een Poor de Trepp rünner, dat sik luut ünnerhollen un lachen dä. De Mann, stävig un groot harr eenen witten Antog un eenen Panamahoot op 'n Kopp. He schuuv sienen dicken Buuk vör sik her, an sien Arm hüng een junge Deern in eenen knappen Minirock, lange blonde Hoor, hoge Hackenschoh un eenen teemlichen Vörbau. De beiden kichern un gnickern vör sik hin, he kneep ehr in'n Achtersten un se sä »Dududuuuuu!« un de beiden schöven rut ut de Döör.

»Na, wöör dat woll de Enkelin?«, fröög Erna liesen.

»Erna! Dat glöövst du doch woll sülvst nich! Kniept 'n Opa siene Enkeldochter in'n Moors? Dat wöör wiss siene Froo, oder ok de Sekretärsch? Wokeen weet!«

»So 'n junge Deern kann jo woll nich de Froo ween!«, behaupt Erna. »De Keerl wöör doch tominnst dörtig, wenn nich veertig Johren öller as se! Ik glööv doch de En...«

»Veel wöör an de aver sowieso nich echt!«, beendt Gerda de Snackeree. »So wat is nu, wi wüllt uns doch anmellen, oder?«

»Jojo, köönt wi ok!«, meldt sik Erna nochmol ut den Rullstohl. »Aver gediegen is dat, den Keerl ... den hebb ik al mol sehn ... woher kenn ik denn bloots? Denn hebb ik al mol jichtenswo sehn, ganz bestimmt!«

Eene Stünn loter seten de dree kommodig an 'n Disch, witte Dischdeken, Kerzenlicht in sülverne groote Lüchters, Chinaporzellon un sülvern Besteek, witte Rosen op 'n Disch un de Wien lücht in de hogen Kristallglääs. Dat Perlhuhn wöör perfekt ween, de Herzoginkantüffeln un dat Rahmporreegemüs wöörn een Gedicht un de Fründinnen süchtsen mol wedder liesen ehr »Ach, wat geiht uns dat doch wedder goot, nich?«. To 'n Nohdisch harrn se sik »Variationen von Mousse au chocolat« in Witt, Bruun un Swatt bestellt, dorto noch Brommelbeersauce.

»Geiht nix mehr rin!«, behaupt Erna. »Aver – wat is mit ’n Afsacker!«

De Fründinnen drunken ehren letzten Sluck Wien un bestellen nu noch den bekannten »Rostocker Doppelkümmel« achteran. »Wat glöövt ji, wat wi dorno goot slopen köönt!«, behaupt Käthe. »De hett veertig Perzent.«

»Wooo!« Erna schüttel sik, as de Snaps in de Kehl brennen dä. »Is aver goot för ’n Mogen so ’n Kraam!«

»Weet ji wat, Deerns«, fröög Käthe, »ik geev noch eenen ut, loot uns man noch hier mol eben blangenan gohn, op de Terrass köönt wi scheun noch ’n lütten Ogenblick buten sitten, is jo lurig Luft vunovend. Un eenen Wien köönt wi noch, oder!?«

»Och jo, du weest jo: Op een Been kann ’n jo nich stohn!«, gnicker Erna.

»Woso, du steihst doch gor nich!«, geev Gerda trüch.

Jo, wiss – een Wien kunnen se noch, aver bloots eenen.

Gerda un Käthe rullen Erna nu röver op de Terrass. »Oh, nee – wat is dat hier scheun!«, meen de un de Fründinnen mööken sik dat hier buten noch kommodig, de vulle Moond lett sik nu över de olen Bööm sehn, blangen de Terrass lüchten dree Goornfackeln un fuurts stünn all wedder de Wien vör jem. Över de olen Bööm kööm de Vullmoond röver un nix fehl mehr an eene romantsche Sommernacht.

Twee Dischen wieter seet dat ungliek Poor, dat vörher de Trepp rünnerkoomen wöör. De beiden seten dicht tohoopkuschelt, harrn sik eene Wulldeek üm de Schullern nohmen, he harr een Whiskey vör sik un smöök een Zigarr, se harr 'n Cocktail vör sik stohn un smöök een Zigarett. Twüschendör snacken de beiden lies miteenanner un küssen sik af un an. Nu harrn de Fründinnen een beten mehr Tiet, de beiden antokieken.

No teihn Minuten stünn de junge Froo op: »Du Schatzi, mir wird kalt. Wollen wir reingehen?« – He stünn ok fuurts op un güng achter ehr in't Huus, dreih sik to de Fründinnen üm un wünsch noch »Schönen guten Abend, die Damen!«

»Die Damen! Tja, Deerns – in dütt fein Hotel warrt 'n fuurts to 'n ›Dame‹ ... so is dat! Aver seggt bloots mol: Mensch, wokeen is dat?«, wunner sik Erna al wedder, as de beiden nich mehr to sehn wöörn. »Ik kenn den, den hebb ik all mol sehn!«

»Du, ik mutt ehrlich seggen, ik hebb den ok all mol sehn, ik kann di aver nich seggen, wannehr un wo!«, geev Gerda ehr recht un ok Käthe wöör noch an 'n Gruveln: »Seggt mol, is he nich Schauspeler! Also: Ut 'n Feernsehn kenn ik em, dor bün ik ganz seker! Naja, aver de Deern – is jo tominnst veertig Johr jünger as he!«

»Du hest recht – ut 'n Feernsehn. Aver wo hett he mitspeelt?«

»Ach Deerns, nu hööрt man op to överleggen, loot uns man nu no 'n Wiemen gohn. Morgen köönt wi wieter överleggen, villicht fallt uns dat jo bi 'n Spazeergang in'n Slottpark in, wokeen dat is!« – »So is dat, loot uns man no 'n Wiemen!«

Nich mol een halve Stünn loter leggen de Fründinnen in ehre kommodigen grooten weken Betten un slöpen fast.

De Tiet in dat scheune Slotthotel güng fuurts vörbi, de Fründinnen harrn mol wedder de Mööglichkeit, kommodig de Tiet to verbringen, to snacken, to eeten un ok Spazeergäng in den grooten Slottpark dröffen nich fehlen. Sünnerlich gefullen de dree de olen Bööm un de Linnenalleen, de veelen witten Bänk, wo se sik verpuusten kunnen, un de romantschen lütten Seen, de dick mit Aantenflott towussen wöörn.

»Ho - wenn hier mol eener rinfallt, den findt ok nüms mehr wedder!«, grusel sik Erna, as se vun eenen lütten Spazeergang trüchköömen.

»Erna«, schimpen de annern, »wo kannst du nu an sowat denken, wi sünd in Urlaub!«

Lang wöör dat noch nich her, da de dree ehre Mannslüüd all op so'n beten appeldwatsche Oort verloren harrn, aver in'n See versenkt - nee, dat nu doch nich!

Den letzten Obend loten sik de dree dat noch mol richtig goot gohn, dat dreegängig Menu smeck jem un ok de Rostocker Doppelkümmel achteran dröff nich fehlen. Wöör jo de letzten Obend hier, morgen güng dat jo leider al wedder no Huus - no Klütenmoor.

Merrn in düsse Nacht wöör Käthe wook, as dat ganz gefährlich op 'n Gang klötern dä.

Se luuster in de Nacht, schull se nakieken oder wat wöör dor los?

Villicht wöör een Gast in'n Düüstern gegen de Kommood lopen, dach se un dreih sik nu op de anner Siet. Op de annere Siet - so veele Gäst wöörn gor nich in dat Hotel, de Saison wöör jo al vörbi. Dat duer aver nich lang, as se een Schrapen un Ruscheln wies wöör, dorto een lieset Stöhnen. Wat wöör dat denn üm düsse Klockentiet?

Käthe keek op ehren Wecker, Klock halvig dree! Schull dat op düssen Slott womöglich een Gespenst geven? So 'n Tühnkroom! Spökels gifft dat nich, schimp sik Käthe sülvst wat ut - un wenn, denn sünd de twüschen Middernacht un Klock een aktiv - nu is dat all halvig dree -, dor is wat passeert. Se trock sik ehren Morgenmantel över un keek lies ut de Döör.

In'n Gang op de Eerd seet de junge Deern, de se mit den olen Keerl sehn harr.

Dat lange blonde Hoor full ehr in't Gesicht, se seet op 'n Footbodden, grabbel an den Teppich rüm, mit den de Deel utleggt wöör un wöör, lies an 'n Wenen.

»Wat is hier denn los?«, fröög Käthe verbast un keek de Deern an. De junge Froo keek hooch - un nu wüss Käthe, dat hier würklich wat passeert wöör, de junge Froo wöör ganz natt vör Sweet un Tronen, se wisch sik över dat Gesicht un wöör ogenschienlich gor nich mehr richtig bi sik.

»Deern! Wat is denn bloots passeert! Wat wullt du denn dor op de Eerd!?«

»Den Läufer! Ich muss ihn haben!«, anter de Deern un süchts luut. »Können Sie mir helfen, ich kriege das verdammte Ding nicht los!«, un se ruckel un wackel an den Teppich. »Wat wüllt Se denn mit den Teppich?«, fröög Käthe un wüss nu gor nich mehr recht, wat se seggen schull.

»Ich brauche ihn! Ich muss ihn verschwinden lassen!«, stött de Deern rut. »Können Sie mir nicht helfen, ich schaffe das nicht allein!«

»Wat mööt se verswinnen loten? Un woso Teppich?«, fröög Käthe un güng op de Deern to.

»Ich muss ihn verschwinden lassen. Unbedingt! Niemand darf es erfahren! Schnell, bevor es jemand anderes bemerkt!« De Tronen löpen de Deern de Backen rünner un ok wenn Käthe jümmer noch nich wüss, wat passeert wöör, duer se ehr doch. Se harr liekers ehr Dochter ween kunnt, oder villicht doch ehrder de Enkeldochter.

In düssen Momang kööm ok Gerda ut ehre Döör rut un keek üm de Eck.

»Wat is hier denn passeert?«, fröög se un de Deern geev eenen liesen Schree vun sik, as se wies wöör, dat noch mehr Tügen ehr höört harrn.

»Mookt Se sik keen Gedanken! Dat is miene Fründin!«, verkloor Käthe, »aver nu seggt Se mi doch, wat egentlich los is!«

»Mein Freund, Herr äh ... also Carl-August ist tot. Ganz plötzlich! Er liegt im Bett und ich weiß nicht, was ich machen soll. Auf einmal war er tot! Er kann doch dort nicht liegen bleiben. Jeder weiß dann, dass wir zusammen hier waren. Es darf nie herauskommen. Ich muss ihn wegschaffen!«, stammel de junge Froo.

»Kommen Sie, wenn Sie keine Angst haben!«, un se möök de Döör open to ehre Suite.

Op dat groote Himmelbett mit den fienrooten Volant leeg de dicke Mann, den se mit ehr sehn harrn, un röög sik nich.

Gerda, de nich bang wöör un fröher lange Johr bi 't Roote Krüüz hulpen harr, güng no dat Bett, föhl den Puls un leeg ehr Ohr op de Bost vun de Mann, de naakt op dat Bett leeg, bloots dat Loken eben över em rövertogen.

»De seggt nix mehr! Uns junge Dokter Tischbein harr seggt – een kloor Fall vun Hartverseggen!«, meen se to Käthe un de junge Deern snuckert wedder lies.

»Woans kann sowat angohn, liggt hier naakt in'n Bett un is doot?«, fröög Gerda.

»Carl-August hatte schon des Längeren Herzprobleme und durfte keinen Stress haben. Er hat sich wohl in der letzten Nacht etwas zu sehr verausgabt!«, stöter de junge Froo blangen ehr.

»Jo! Ik seeg dat al!«, kommenteer Käthe kott un stött Gerda in de Siet, op den Nachtdisch legen blangen Handschellen ok een Paket Viagra.

»Das war wohl alles zu viel für ihn in seinem Alter! Und dann die Angst vor der Entdeckung! Wissen Sie ... es durfte ja niemand wissen, dass wir hier waren.« Vertell de Deern, de nu langsom Totroen to de öllern Froons kreeg. Alleen kunn se hier nix utrichten, villicht kunnen de beiden ehr helpen.

»Nu mol langsom mit de jungen Peerd!« Gerda lett sik op den Scheselong fallen. »Wi mööt nu eenen ruhig Kopp bewohren. Loot uns mol överleggen: bit nu hett jo noch nüms wat mitkregen – un wi beiden swiegt still. Wat mookt wi? – Hebbt Se mol 'n Snaps?«

De junge Froo güng to de Minibar un kööm mit twee lütte Buddels Whiskey trüch – »eine gute Idee, ich kann auch einen gebrauchen. Wir müssen in Ruhe überlegen!«.

Se wisch sik de Tronen af mit de Ärmel vun ehr Nachthemd, wat mehr vun ehren Lief wies as dat afdeck.

»Können wir nicht einfach abreisen und ihn hierlassen?«, fröög de Deern.

»Dat is de slechtest Idee! De hebbt doch uns Adressen!«

»Nein, ich meine ... meine nicht. Carl-August hat sich mit seinem Namen angemeldet und mich als seine Ehefrau eingetragen. In Wahrheit sind wir aber nicht verheiratet ... äääh, ich meine, waren wir nicht verheiratet!«

»Dat hebb ik mi al meist dacht!«, kommenteer nu Gerda. »Also – dat mookt de Saak jo een beten wat lichter. Also mööt wi em wegbringen ... aver wohen!«

»In'n See! Dor is doch soveel Aantenflott överwussen, dor findt em keenen!« Käthe wöör de See op den Spazeergang in'n Park wedder infullen.

»Käthe, du büst genial! Dor wöör ik nich op komen! Kumm, foot mit an, wi mööt hanneln! Wi nehmt aver nich den Teppich, de is veel to swoor! Wi nehmt dat Bettloken! Aver de Keerl is wiss swoor!«

»Un wi kriegt wi em denn ut 'n Huus rut? Wi köönt em doch nich bit in'n Park slepen!«

»Loot mi mol överleggen ... Tööv! Ik weet! Ik hol Erna ehren Rullstohl ut 'n Auto. Dor sett wi em rin, wenn uns denn eener to sehn kriegt, denn denkt de, wi mookt eenen Spazeergang!«

»Spazeergang? In de Nacht Klock dree? Dat glööv ik ok!«

»Nee, nee – uns dröff kener sehn! Wi bruukt Erna. Weck ehr op un segg ehr, se mutt oppassen, dat uns kener süht! Un nu man to!«

Käthe güng no den Parkplatz un hol de Rullstohl un in de Tiet güng Gerda no Erna, verkloor ehr de

Laag un platzeer ehr op ehren Balkon. Vun dor ut kunn Erna den ganzen Park översehn. To sehn wöör eerstmol nix, de Moond lücht jümmer noch, harr sik aver so 'n beten achter de Wulken verkropen, in de Hand kreeg se een Taschenlamp un schull blinken, wenn de Luft rein wöör.

Käthe kööm mit den Rullstohl ut 'n Lift un klapp em eerst in de Suite wedder op.

»So Gerda, nu nochmol mit eenen Wuppdi! Ik pack em ünner de Arms, du nimmst de Fööt!«

»Mann, wat is de Hund swoor!« De junge Froo rull den Rullstohl in Positschoon un all tohoop schaffen de dree dat, de naakten Mann in den Rullstohl to heven.

»Teh em eenen Mantel över! Bloots wenn uns eener süht!«, zisch Käthe de Deern an.

»Un dat Bettloken bruukt wi ok, man to – wi hebbt nich veel Tiet! Is Erna op Positschoon?« – »Jo, allens kloor!« Liesen schuuven de dree Froons den Rullstohl över den Gang, rin in den Lift un rut ut de Döör, de Käthe al open loten harr, as se den Rullstohl holt harr.

»Se bruukt keen Angst vör uns to hebben«, meen Gerda to de junge Froo un foot ehr üm de Schuller, »wi hebbt Lebenserfahrung, dat glöövt se man. Froonslüüd mööt in de Noot tosomenstohn! Hier köönt Se dat sülvst mol wedder sehn – de Keerls mookt uns allerwegens dat Leven swoor!«

»Dor hest du Recht! Mitünner bannig swoor!«, stöhn Käthe un richt sik op, se harr em ünner de Arms to foot kregen un dat meiste Gewicht wuppt.

Buten vör de Freetrepp hol dat Trio mit den Rullstohl an un plier no Erna ehren Balkon hooch, dreemol blink dat vun boven un de dree schuuven los mit den Rullstohl. Dör de Linnenallee, rünner no den See mit dat Aantenflott.

De junge Froo lücht vörut, de annern schuuven, as gau as dat man güng.

»Dor – ünner de lütte Brüch, dor findt se em eerst recht nich! Dat Aantenflott is as so 'n Teppich, de kummt gor nich wedder hooch!«, kommandeer Gerda.

»Aber wir können ihn doch nicht einfach so ...!«, protesteer de junge Froo un wull all wedder anfangen to blarren.

»Nix vun dat! Dorto hebbt wi doch dat Bettloken! Leeg dat op de Eerd un wickel em daarin in ... sühst woll, kiek, so is dat doch allerbest! Holtstopp, so is he noch to licht! Hool mol eben een poor vun de dicken Steen, de dor an 'n Rand vun dat Blomenbeet liggt, de wickelt wi dor mit rin. Denn blifft he ünnen!«

»Nee ok, so 'n Schiet!«, schimp Käthe. »So geiht dat Bettloken doch glieks wedder op un swimmt an End glieks boben. Wi mööt dat tosomenknütten!«

»Aber womit denn, womit sollen wir es zubinden?«, fröög de junge Froo. Wir haben doch hier nichts zum zubinden. Höchstens hätte ich im Auto noch Kabelbinder, die haben wir neulich gebraucht, als Carl-August mal wieder ein Fesselspiel ...«

»Sabbel nich! Dat intresseert mi nich!«, rööp Gerda. »To, Deern – teh diene Strümp ut! Du hest doch noch swatte Strümp an!«

De Deern sä nu nix mehr, möök aver, wat de öllern Froonslüüd an Order geven.

Mit de Strümp knütten se dat Bettloken an beid Ennen fast to.

»Passt, wackelt un hett Luft«, kommandeer Gerda, »nu süht he ut as so 'n Knallbonbon! Ach, 'tschuldigung ... ik wull nich bossig ween. So Deerns – nu noch to 'n letzten Mol ... mit een Wuppdi, rin mit em!«

Boben vun 'n Balkon blink dat noch dreemol un mit eenen luden Platsch lannt de groote Knallbonbon Carl-August – wokeen ok – jümmer in den See un sack op den Grund.

Käthe leeg ehren Arm üm de junge Froo, treck ehr so 'n beten to sik her un mark ehr lieset Bevern, de Nacht wöör doch koolt, sünnerlich wenn 'n in so 'n Negligee buten ünnerwegens wöör.

»Hett doch 'n scheunen Doot hat! So eenfach bi 'n Sex ümkippt – un so 'n scheunet Graff blangen dat Slott hier in'n Park. Veel beter as op 'n Karkhoff!«, versök Käthe de junge Froo to tröösten, de wedder lies an 'n Wenen wöör un nu barfoot op den Weg no dat Slott hentapp.

»Pass op, Deern, dor sünd lütte Steen op 'n Weg. Wees vörsichtig. Oder wullt du lever in'n Rullstohl föhren?« Nee, dat wull de junge Deern denn doch nich.

»Ach, ich wüsste ja gar nicht, was ich ohne Sie gemacht hätte, ich war ja völlig hilflos! Ich werde mich jetzt schnell anziehen und in die Stadt zurückfahren. Und dann hoffen wir mal, dass uns keiner gesehen hat und bald Gras über die Sache wächst. Was hätte ich nur ohne Sie beide getan? Ich weiß gar nicht, wie ich Ihnen danken soll!«

»Ach, Deern - loot se man, vun dank hebbt wi all 'n ganzen Keller vull in'n Huus!«, meen Gerda, »dat hebbt wi giern mookt, ik meen nu nich jüst giern - aver wat mutt, dat mutt.«

De junge Froo keek noch eenmol trüch un sä mit bevern Stimm: »Ach, mein armer Schatz! Nun liegst du unter dem ganzen Entenschnodder!« un ümarm noch mol to 'n Afscheed de beiden Fründinnen.

»Allens Goote för de Tokunft. Un nehmt Se man dat neegste Mol lever 'n jüngern Keerl!«, geev Käthe ehr noch mit op 'n Weg.

»Oder jedenfalls eenen, de dat nich mit 'n Hart hett!« - Gerda besinn sik jüst in düssen Momang wedder an ehren egen Keerl - Erwin, selig.

Käthe un Gerda güngen nu in Erna ehr Zimmer un holen ehr wedder rünner vun 'n Balkon. Op den Schrecken geev dat eerstmol doch noch eenen Sluck ut de Minibar un op eenmol rööp Käthe: »Och, nee! Nu hebbt wi doch ganz vergeten to frogen!«

»Wat frogen?«

»Wokeen dat denn nu egentlich wöör!« - »Ach, is doch egol. Wi hebbt hulpen in de Noot! Un dat is man goot. Helpen mutt man, wenn man kann!«

»So is dat!« - »Helpen mutt man!«

Op 'n Weg trüch no Klütenmoor dudelt dat Radio in Käthe ehren Golf. NDR Neddersassen kunnen se wedder hören, lang duer dat nu nich mehr bit no Huus.

De dree Fründinnen seten lies in Auto un dachten jedereen so vör sik hen. Jüst sung Andrea Berg ehr Leed: »Du hast mich tausendmal belogen ...«, as de Radioanseggersch dat Leed stopp: »Meine Damen und Herren, wir unterbrechen unser Programm für eine eilige Sondermeldung. Seit vorgestern wird der Ministerpräsident des Saarlandes, Dr. Carl-August Klumpf, vermisst. Sein Privatwagen wurde heute Morgen in einer Parkgarage in der Nähe des Hamburger Hauptbahnhofes gesichtet. Nach Angaben seiner Ehefrau befand sich Dr. Klumpf aber zuletzt auf dem Parteitag der von ihm kürzlich gegründeten Partei »Die linke Mitte« in Magdeburg. Von Klumpf fehlt jede Spur, die Polizei steht vor einem Rätsel. Liebe Hörerinnen und Hörer, wir halten Sie selbstverständlich jederzeit auf dem Laufenden, wenn neue Nachrichten eintreffen!«

Un wedder Andrea Berg ... »du hast mich tausendmal verletzt ...«.

»Hebbt ji dat höört??«, rööp Erna. »De Ministerpräsident vun 'n Saarland! Nu weet wi ok, woher wi den Keerl kennt, wi hebbt em mol in de Narichten sehn!«

»Dorüm is uns dat ok nich glieks infullen!«, verkloor Gerda de annern. »Wöör man bloots de Ministerpräsident vun 'n Saarland! De ut Bayern un Neddersassen, de harrn wi jo natürlich glieks kennt!«

Bauernfrühstück

Der Morgen graute schon, als Dr. Markus Biesenbach den muffigen Kuhstall verließ. Seine Kautschukstiefel schmatzten bei jedem Schritt. Er lachte kurz auf. Wie hieß es noch in dem alten Kinderreim: »Ein Kuss ist, wenn zwei Lippenlappen heftig aufeinanderklappen und dabei ein Geräusch entsteht, als wenn 'ne Kuh durch Matsche geht.« Ihm war in diesem Augenblick aber so gar nicht zum Küssen zumute.

Ihn fröstelte. Ein Scheißsommer, und zwar in jeder Hinsicht. Gerade hatte der Tierarzt seinen definitiv letzten Besuch auf dem Hof der Brüder Alwin und Jakob Junkers gemacht. Wohl 150 Jahre hatte das Gehöft schon auf dem Buckel. Tief geduckt lag es in einer Senke direkt hinter dem Deich der Düwel. Das verrottete Reetdach hockte auf den Mauern wie ein altersschwacher, löchriger Strohhut.

In den letzten drei Jahren, in denen er hier auf den Höfen zwischen Klütenmoor, Klein-Düwelsfleth und Swattenmoor gearbeitet hatte, war kaum eine Woche vergangen, in der Biesenbach nicht wenigstens eine spöttische Bemerkung über diesen Hof zu hören bekam: »Wie konnten die damals nur in so einem Sumpfloch bauen?« Selbst im heißesten Sommer war der Hof übersät mit tiefen Pfützen. Vielleicht spuckte der Herrgott ja höchst persönlich auf diesen Flecken Erde, weil auch ihm das ein oder andere nicht gefiel? Die Brüder galten bei der Dorfbevölkerung als »schlampig«

und »verrückt«. Kurzum: Ihnen eilte der zweifelhafte Ruf voraus, nicht alle Tassen im Schrank zu haben.

Biesenbach aber gab nichts auf das Gerede. In seinen Augen waren Alwin und Jakob zwei nette Kerle, die für die Landwirtschaft in etwa so viel Talent besaßen wie eine Kuh zum Seiltanzen. Das beste Beispiel hierfür lieferte ein ausrangiertes Garagentor, das von den Brüdern mehr als stümperhaft in das alte Fachwerk des Kuhstalls eingesetzt worden war. Dort, wo sich früher eine quer geteilte Holztür befand, hing jetzt ein schiefes Metalltor, das jedem, der es in Bewegung setzte, nach dem Leben trachtete. Wie ein heimtückischer Totschläger lauerte das schwere Schwingtor im Gemäuer, das beim Öffnen erst langsam nach oben polterte, um dann nach ein paar Sekunden des Stillstands völlig unerwartet und ungebremst wie Thors Hammer nach unten zu schießen.

Den älteren Bruder Jakob hatte das verflixte Tor bereits ein paar Mal k.o. geschlagen. Oft war ihm eine ganze Woche lang dösig im Kopf und er hatte pausenlos kotzen müssen. Alwin, der jüngere Bruder, war noch nie daruntergeraten. Zum Glück! Denn er war für den ganzen Papierkram auf dem Hof zuständig und dafür brauchte er seinen Bregen – voll und ganz.

Das »Mördertor« gehörte für den Doktor ebenso selbstverständlich zu diesem Hof wie die im Mist kratzenden Hühner, die Armada der bunt gescheckten Katzen oder der große Findling im alten Obstgarten hinter dem Haus. Die beiden Junggesellen waren keine Landwirte im herkömmlichen Sinne, aber sie gaben sich redlich Mühe, den Laden am Laufen zu halten.

Auch heute, an diesem verdammt frühen Morgen, war alles so gewesen wie immer. Dem Tod durch Erschlagen am »Mördertor« wieder einmal nur knapp entkommen, hatte der Tierarzt nach getaner Arbeit seine mit Kuhkacke bekleckerten Gummistiefel im Hof mit dem Schlauch abgespritzt. Leider war ihm dabei ein ordentlicher Schwall Wasser in die Schäfte geraten, und auch seine blutig verschmierten Jeans waren nun im unteren Drittel nass wie aus dem Löschteich. Gewöhnlich hatte er eine Ersatzhose im Wagen, aber heute war er einfach zu verpennt gewesen. Zwischen Tau und Tag dachte er nie. So früh funktionierte er allenfalls. Und das schwarz gescheckte Kalb hatte so schnell herausgewollt, dass Biesenbach nicht einmal mehr Zeit geblieben war, sich den gummierten Kittel überzuwerfen. Nun roch er genauso wie der Stall und die Brüder Junkers. Ab nach Hause, duschen und ausschlafen!

Langsam steuerte der Veterinär seinen mit Medikamenten und allen möglichen medizinischen Geräten bepackten Kombi in Richtung Landstraße. Er warf einen kurzen Blick nach hinten, um nach seiner Jacke zu sehen. Ja, sie lag auf dem Rücksitz. Mist, da war es auch schon passiert. Sein Wagen war von einem der beiden festen Mittelstreifen abgekommen, jetzt steckte er im Modder fest wie ein Kalb in Steißlage. Biesenbach fluchte laut. In solchen Augenblicken hasste er seinen Job.

»Komm wieder runter, Mann«, murmelte er zu sich selbst. »Niemand hat dich gezwungen, vom Bergischen Land mit seinen sanften Hügelketten aufs platte

Land zwischen Elbe und Düwel zu ziehen. Du wolltest das doch unbedingt.«

Stimmt genau! Er war nun alles andere als unter Zwang nach Norddeutschland gekommen. Biesenbach war dem Ruf seines Herzens gefolgt, seiner großen Liebe namens Marion. Vor vier Jahren hatten sie sich im Urlaub auf Ibiza kennengelernt. Bei ihm war es Liebe auf den ersten Kuss. Damals auf dieser dusseligen Schaum-Party in der größten Disko der Insel. Und dann hatte seine Freundin ihre erste Stelle als Pastorin angetreten – in Klütenmoor.

Markus hatte sich kaum wieder einkriegen können, als er diesen Namen zum ersten Mal hörte. Klütenmoor! Das klang doch wie »Eiersumpf«! Unfassbar, einfach saukomisch. Inzwischen hatte er sich längst eingelebt und war an kuriose Ortsnamen gewöhnt. Wenn von Swattenmoor, Groß- und Klein-Düwelsfleth oder Brackelkuhle die Rede war, fand er das ganz normal. Und bei Düdenbüttel und Kaaken im Nachbarkreis Stade handelte es sich nachweislich auch nicht um Stammtischerfindungen, sondern um real existierende Dörfer, die sogar sein Navigationsgerät kannte. Genau wie Fickmühlen, Flögeln oder Hymendorf im Kreis Cuxhaven.

Seine Marion predigte also den Klütenmoorern das Evangelium, taufte die wenigen Neuankömmlinge und brachte die Alten unter die Erde. Einmal musste sie sogar innerhalb weniger Tage die Ehemänner von drei alten Freundinnen beerdigen, ein tragischer Zufall!

Für Marion war Klütenmoor eine Traumstelle, denn als echte »Nordfrau« war sie so in dieser Landschaft verwurzelt, dass ihr schon Göttingen wie der tiefe Süden vorkam. Biesenbach selbst waren das Land zu platt und die Winter zu nass, aber er liebte seine Freundin. Und so hatte er an einem herrlichen Maitag mit seinem bis ans Dach vollgepackten Kombi die Autobahn-Ausfahrt Groß-Düwelsfleth genommen, um vorbei an üppig blühenden Apfelbäumen auf direktem Weg zu seiner Marion zu fahren.

Bei seiner Ankunft hatten sie sich lange, sehr lange in der Diele geküsst. Biesenbach wäre in diesem Augenblick am liebsten sofort mit Frau Pastor auf den Teppich gesunken. Marion aber hatte ihn mit in die gemütliche Wohnküche des alten Pfarrhauses gezogen und auf den Tisch gezeigt.

»Bitte schön, damit du nicht gleich Heimweh bekommst und wieder abhaust! Frisch gebackene bergische Waffeln nach Originalrezept mit heißen Kirschen, Schlagsahne und Milchreis.«

Ach, diese Frau war ein Schatz. Markus aß vier Waffeln und träumte schon nach der zweiten von einem herzhaften Schinkenbrot. Der Norden zeigte sich zur Feier seiner Ankunft von seiner Schokoladenseite. Hinter dem Pfarrgarten war ein Meer aus gelben, blauen und weißen Blumen, die entlang den Entwässerungsgräben auf den Wiesen blühten, und auf dem Deich der Düwel machten übermütige Lämmer ihre Bocksprünge unter einem weiten Himmel.

Bilder aus vergangenen Tagen, denn jetzt steckten Biesenbach und das flache Land in einem anhaltenden Tief. Vielleicht hatte er einfach zu wenig Zeit für Marion gehabt? Und dann war er auch noch so blöd gewesen, ihr zum Geburtstag einen Tauchkurs zu schenken. Schon nach der dritten Stunde war sie auffallend lange im Kreidesee abgetaucht.

»Aber Markus, wenn du mich wirklich liebst, dann musst du doch auch wollen, dass ich glücklich bin.«

Natürlich wollte er das, aber warum musste es ausgerechnet mit diesem Schrank von Mann sein und nicht mit ihm? Dieser Typ, der eine Ewigkeit ohne Atemgerät unter Wasser bleiben konnte, während Markus schon beim bloßen Anblick eines Neoprenanzugs kurzatmig wurde? Wenn er daran dachte, dass seine Freundin jetzt in den muskelbepackten Armen dieses vor Testosteron platzenden Neptuns lag, wurde ihm ganz schlecht. Er musste einfach weg. Weg von sämtlichen Kreideseen und Froschmännern!

Tief hatten sich die Räder seines Wagens in den schlammigen Untergrund hineingewühlt. Dabei hatte er doch nur ein- oder zweimal kurz das Gas angetippt. Unsicher wie auf Eiern, nur nasse Socken an den Füßen, ging er nun um sein Auto herum. Ein Kälteschauer nach dem anderen durchlief seinen unausgeschlafenen Körper, hinter seiner linken Schläfe krallte sich ein kleiner böser Kopfschmerz fest. Irgendwo bellte heiser ein Hund. In der hohen Eiche, die im letzten Sommer der Blitz gespalten hatte, krächzte ein Rabe, während im Pappelwäldchen hinter ihm ein paar Singvögel zwitschernd den neuen Tag begrüßten.

Biesenbach ging in die Hocke und starrte im Dämmerlicht auf die fest im Modder sitzenden Räder. Nee, da war nichts zu machen. Ohne Hilfe kam er da nicht heraus. Er stakste erneut um sein Auto herum und öffnete nun die linke hintere Tür. Mit klammen Fingern fischte er das Handy aus der Innentasche seiner Lederjacke. Als er die Nummer von Alwin und Jakob Junkers drückte, leuchtete schwach das Signal »Akku leer« auf. Mist!

»Immer wenn man das blöde Teil wirklich braucht, dann ist dieser verdammte Akku leer.« Er hätte das Handy am liebsten in weitem Bogen über den morschen Zaun geschleudert, der zwischen Modderweg und Modderwiese windschief seinem Ende entgegensah.

Wütend stapfte Biesenbach zurück zum Hof. Hätten diese Deppen nicht mal ein paar Karren Kies auf den Weg kippen können? Die langen olivgrünen Gummistiefel waren nass und glitschig, und seine jetzt nackten Füße fühlten sich an wie zwei Pakete Tiefkühlspinat. Nach jedem Schritt auf dem Schlammpfad war ein schmatzendes »Blupp« zu hören.

Ach, was für ein Scheißmorgen! Jetzt eine warme Dusche, trockene Klamotten und ein ordentliches Frühstück! Und während sich Biesenbach ausmalte, wie er das warme Toastbrot genüsslich in das weiche Eigelb seiner drei Spiegeleier tunken würde, schoss er unvermittelt mit einem Satz nach vorne. Seine Brille flog gut anderthalb Meter weiter. Hart schlug er auf sein linkes Knie. Scheißbaumwurzel! Seine Hose, die untere Hälfte seines Wildlederblousons und beide Hände sahen aus wie nach einem Bad im Güllefass. Wuttränen stiegen in ihm auf, und der pochende Schmerz im Schädel hatte nun Bohrmaschinen-Qualität. Humpelnd erreichte er den Hof.

Biesenbach blickte durch das niedrige Küchenfenster. Im gelblichen Schein einer Zuglampe saß Alwin tief gebückt am Esstisch. Vor ihm lag eine schwarze Kladde, in die er etwas eintrug. Ab und zu blickte er zur Zimmerdecke, um danach weiterzuschreiben oder etwas durchzustreichen. Jacob hockte vor dem Herd und stocherte im Ofenloch herum, legte ein paar Holzscheite nach und blies in die Glut. Inzwischen war es schon nach fünf Uhr. Die Sonne hatte sich wie eine halbe Orangenscheibe über den Rand des Horizonts nach oben geschoben.

Noch nie hatte der Tierarzt diesen Raum so deutlich wahrgenommen. Neben dem großen Allesbrenner entdeckte er eine altmodische Torfkiste. Darüber hing ein Wandregal mit einem Stapel alter Tageszeitungen und einer Keksdose aus Blech, von der sich die Bemalung verabschiedete. Dann war da schon die Verbindungstür zum Stall mit dem kleinen runden Fenster. Gegenüber vom Herd stand ein wuchtiger Küchenschrank, ein Schapp, wie die Leute das hier nennen, der fast die komplette Wand einnahm. Den Spülstein und das Handtuchreck in der Ecke konnte Biesenbach nicht sehen.

In der Mitte der Küche nahm ein kompakter quadratischer Tisch mit vier Flechtstühlen so viel Platz ein, dass man gerade noch um ihn herumgehen konnte. Auf dem rot karierten Wachstuch war für zwei Personen gedeckt: zwei Keramikbecher, zwei Holzbrettchen mit je einem Messer, dazwischen ein Toastbrot, noch original verpackt. Rechts flankiert von einem Glas Schokocreme und einem großen Becher Margarine.

Auf einem geblümten Porzellanteller lagen ein halbes Dutzend Streichkäseecken und eine exakt in der Mitte durchgeschnittene Leberwurst in goldglänzendem Kunstdarm. Über allem baumelte ein voll besetzter klebriger Fliegenfänger.

Wann hatte in dieser Küche wohl zuletzt eine Frauenhand den Tisch gedeckt? Wenn hier auf dem Hof von Rena, Gesche, von Rosi oder Frauke gesprochen wurde, dann ging es entweder um eine Euterentzündung, einen verdrehten Labmagen, um Klauenpflege oder die künstliche Besamung.

Mit klammen Fingern klopfte der Veterinär jetzt an die Fensterscheibe, die das Warten auf frischen Kitt vermutlich schon vor Jahrzehnten aufgegeben hatte. Beide Männer drehten gleichzeitig die Köpfe zum Fenster. Jakob hob die Hand zum Gruß und rief: »Komm man durch den Stall!« Und schon wurde das schwere Garagentor mit Rucken und Fluchen nach oben geschoben.

»Moin, Doktor. Schon wieder hier? Ist dir der Wagen verreckt?«

»Moin, Jakob. Nee, das nicht, aber ich häng' fest. Ich meine, ich hab' mich mit dem Auto festgeorgelt.«

»Jou, dat kennen wir. Dat is unser täglich Brot. Komm erst ma' rein, Doktor. Kanns' mit uns frühstücken. Alwin und ich haben uns erst gar nicht mehr hingelegt. Wir hätten ja sowieso gleich wieder hochgemusst. Alwin dichtet noch etwas, bis der Kaffee durchgelaufen ist. Er schreibt jeden Tag. Kann er dir ja mal vorlesen.«

Es ist an dieser Stelle zu erwähnen, dass die Arbeit in der Landwirtschaft nicht das war, was sich die

Brüder für den Rest ihres Lebens vorgestellt hatten. Alwin hatte in Groß-Düwelsfleth das Lichtenberg-Gymnasium mit einem guten Abitur abgeschlossen, Jakob hatte in Swattenmoor seine Lehre zum Raumausstatter sogar mit Auszeichnung bestanden. Die Welt – zumindest die zwischen Cuxhaven, Hamburg und Bremen – hatte ihnen offen gestanden. Doch dann war ihr ältester Bruder Johann, der den Hof vom Vater übernommen hatte, von seinem Lieblingsbullen »Wölkchen« so übel zugerichtet worden, dass selbst der Chef der Chirurgie von Groß-Düwelsfleth den armen Kerl nicht mehr hatte zusammenflicken können.

»Er musste nicht lange leiden«, tröstete er die Hinterbliebenen. Alwin arbeitete zu diesem Zeitpunkt als Buchhändler in Swattenmoor. Und Jacob war ein geschätzter Kollege in der Gardinenabteilung von »Hagenahs Wohnwelt« in Buxtehude. Nach dem plötzlichen Tod des Bruders war Jakob fürs Verkaufen, Alwin fürs Behalten.

»Wir können doch nicht einfach die Tiere in fremde Hände oder zum Schlachter geben. Wir sind doch Bauernsöhne, wir packen das schon! Und das Ackerland verpachten wir!«

So waren ihnen fünfzehn Kühe, ein Hund, fünf Katzen, zwei Dutzend Hühner und ein Hahn geblieben. Jakob entwickelte eine Leidenschaft für alte Hühnerrassen. Da gab es welche, die grüne Eier legten, andere sahen aus wie flauschige Staubwedel. Sein ganzer Stolz war Hahn »Fritz«, ein echter »Bergischer Schlotterkamm«. Wenn Biesenbach auf den Hof kam, nahmen ihn die Brüder auf die Schippe: »Ja, Doktor, du bist doch auch aus dem Bergischen. Sollst mal sehen, bald sind deine Haare genauso grauweiß wie bei unserem Fritz die Federn.«

Das mit den Hühnern und dem Eierverkauf lief bestens. Mit dem Ausmisten des Kuhstalls aber hingen die Brüder immer nach. Der einstmals plane Stallboden wurde allmählich zu einer schiefen Ebene. Und so stand zu befürchten, dass die Kühe bald mit ihren Ärschen an die Decke stoßen würden, weil sie sich langsam, aber sicher hinten hochschissen ... Biesenbach hatte dieses Problem immer wieder angesprochen, aber jedes Mal war der Zeitpunkt ungünstig. Mal schrieb Alwin gerade an einer Ballade über den Frühling zwischen Elbe und Düwel, ein anderes Mal nähte Jakob Tag und Nacht neue Bezüge für die Polstergarnitur in der guten Stube.

In der Küche des alten Hauses war es bullig warm, als Biesenbach sich an den Tisch setzte. Langsam kam wieder Leben in seine Füße, denn Jakob hatte ihm selbst gestrickte Wollsocken in die Hand gedrückt. Erst einmal etwas Ordentliches frühstücken, danach würden sie seinen Wagen mit dem Trecker auf die Straße ziehen.

»Ich kann dir auch ein paar Eier in die Pfanne hauen, wenn du möchtest«, bot Jakob ihm an.

Biesenbach genügte ein kurzer Blick in die auf der Spüle stehende Eisenpfanne mit ranzigem Fett.

»Nee, lass man gut sein. Ich nehm' nur ein Brot.« Knackend gab der weiße Deckel vom Glas mit dem Schokoaufstrich nach. Wie lange hatte er das Zeug nicht mehr gegessen? Vor allen Dingen nicht auf leichenblassem Weichbrot. Aber er war so ausgehungert, dass er sich vier dieser pappigen Schnitten hintereinander in den Mund schob.

»Na, schmeckt dir wohl, Doktor?«

Der Tierarzt nickte mit vollem Mund, während seine Hand schon nach der fünften Scheibe griff. Es war Jakob, der sich an diesem frühen Morgen mit dem Tierarzt unterhielt. Alwin saß schweigend daneben und kaute langsam an seiner Leberwurstschnitte. Neben seinem Frühstücksbrett lag immer noch die aufgeschlagene Kladde. Biesenbach konnte nur zwei Sätze entziffern: »Ich werfe nicht den ersten Stein. Wer ist ohne Schuld?«

Alwin sah ihm jetzt direkt in die Augen und schlug das Heft unvermittelt zu. Dann schnippte er mit seinem rechten Mittelfinger eine verdorrte Stubenfliege vom Wachstuch. Ein bleiernes Schweigen lag jetzt im Raum. Nach zwei langen Schlucken aus seinem Kaffeebecher wandte sich Alwin dann an seinen Bruder.

»Jakob, wir sollten es ihm sagen. Ich meine, er geht doch jetzt weg von hier. Er kann es doch ruhig wissen. Ich muss mal mit einem anderen darüber reden.«

»Worüber wollt ihr mit mir reden?«

»Alwin meint die Sache mit Johann und dem Holländer.«

»Welcher Holländer? Was hat euer toter Bruder damit zu tun?«, fragte Biesenbach jetzt zurück, während er das altmodische Messer wieder auf sein Frühstücksbrett zurücklegte.

»Dass unser Bruder vom Bullen totgetreten worden ist, das weißt du ja, Doc. Und dass da draußen im

Obstgarten dieser große Gedenkstein für ihn steht, hast du auch schon mitbekommen, oder?«

Biesenbach nickte, während er sich neuen Kaffee eingoss. »Damals, es war eine Woche vor der Sache mit Wölkchen, da ist wieder dieser Holländer mit seinem ganzen Kram hier bei uns vorbeigekommen. Du weißt schon, mit all den Medikamenten, die man bei dir viel teurer oder gar nicht bekommt. Dieser Kerl, der hat Johann so viel von dem Zeug aufgeschwatzt, dass wir nicht mehr mit dem Bezahlen nachkamen. Und darüber ist es dann zum Streit gekommen.« Nun fiel Jakob seinem Bruder ins Wort.

»Du musst wissen, Johann konnte sehr aufbrausend sein, wenn er sich ungerecht behandelt fühlte. Aber er war nicht so einer, der immer gleich einem anderen mit der Axt den Scheitel nachziehen wollte. Eben gar nicht so ein Hitzkopf, wie unsere Tante Käthe aus Klütenmoor immer behauptet hat. Aber da ist wohl eins zum anderen gekommen. Ich meine, dieser Autobahn-Tierarzt, der hat plötzlich darauf bestanden, den ganzen Restbetrag auf einmal einzufordern.«

»Und was dann?«, fragte Biesenbach.

»Nun ja, der Spaten stand da wohl zur falschen Zeit am falschen Ort. Und Johanns Hand hat wie von selbst danach gegriffen. Er wollte ihm nur einen Denkzettel verpassen, das musst du uns glauben, Doc. Der Kerl hat nicht lange gelitten. Johann war so in Wut, der hat das mit einem einzigen Hieb hinbekommen.«

Biesenbach merkte, wie sich langsam sein Hals zuzog. Ein Gefühl der Enge umschloss seinen Brustkorb wie ein eiserner Reif.

»Ihr wollt mir hier erzählen, dass euer Bruder einen Menschen erschlagen hat?«

»Ja, genauso ist es, aber Johann kann nicht mehr dafür verurteilt werden, weil ihn doch eine Woche später der Bulle ... Willst du einen Toten als Mörder verurteilen? Nein, das geht nicht.«

Biesenbach wusste nicht, was er antworten sollte. Schweigend saß er am Tisch und starrte ein Loch durch die Platte.

»Ist doch gut, dass wir das endlich mal einem erzählen können, Alwin, oder?«

»Ja, das stimmt, Jakob.«

Nun hockten die Männer mit hängenden Köpfen und Schultern wie leblose Marionetten auf ihren Stühlen. Der erste, der seine Stimme wiedergefunden hatte, war Biesenbach.

»Was habt ihr denn mit dem Holländer gemacht? Ich meine, wo ist die Leiche? Und wo ist das Auto?«

»Unter dem Stein!«, antworteten nun die beiden Brüder wie aus einem Mund. »Unter dem Findling für unseren Johann. Wir hatten die Grube schon fertig, als der Holländer auf den Hof kam. Wir wollten da eigentlich einen Tag später unseren alten Öltank verschwinden lassen. Da mussten wir nur noch etwas mehr Erde ausheben. Wir haben diesen Halsabschneider samt Auto und all seinem illegalen Kram komplett in das Loch geschoben.«

Alwin hatte sich jetzt warmgeredet: »Die ganze Nacht über haben wir eine Karre Zement nach der anderen obendrauf gekippt. War zwar schade um das schöne Auto, aber am Schluss hatten wir ein solides

Fundament. So sah es auf jeden Fall aus. Eigentlich wollten wir dort einen neuen Hühnerstall draufsetzen, aber als dann der Unfall passierte, haben wir uns für den Gedenkstein entschieden. Der alte Öltank ist dann ganz ordentlich zum Sondermüll gekommen.«

»Wie, ihr meint, unter diesem Findling steckt ein toter Tierarzt samt Auto?«

»Ja, genau. Kannst uns jetzt ruhig anzeigen, wenn du willst. Kannst ruhig diesen Kommissar, diesen Schnüffler, diesen Flachmann anrufen. Wir mussten einfach mal mit jemandem drüber reden.«

Biesenbach war übel und er konnte nicht sagen, ob es von dem vielen Toastbrot kam oder von dem, was er gerade gehört hatte. Jakob war inzwischen aufgestanden und hatte jetzt eine große Plastiktüte in der Hand.

»Hier, Doc. Das habe ich heute Morgen ganz vergessen. Sollst du als Erinnerung mitnehmen, wenn du jetzt wieder zurückgehst. Da ist eine Patchwork-Decke drin. Habe ich selbst genäht. Sind auch Stücke von Johanns bestem Hemd mit dabei.«

Biesenbach saß noch immer wie festgeklebt auf dem alten Stuhl und ließ sich die eingepackte Steppdecke in die Arme drücken. In seinem Kopf kreiste ein Karussell aus Wortfetzen, aber er bekam keinen Ton heraus.

»Zeigst du uns jetzt bei diesem Flachmann an, Doktor? Kannst du machen, aber wir haben dem kein Härchen gekrümmt. Wir haben ihn noch nicht einmal angefasst. Hat Johann nicht gewollt. Wir haben nur zu dritt das Auto in die Kuhle geschoben.«

Biesenbach schüttelte stumm den Kopf und stand auf. In den Händen eine große Plastiktüte und in seinem Kopf die totale Leere. Seinen festgefahrenen Wagen wieder freizubekommen, war eine Sache von wenigen Minuten. Während der ganzen Aktion hatten sie kein Wort miteinander gesprochen.

»Kannst die Socken behalten, Doc«, sagte Jakob dann in das Schweigen hinein.

»Danke«, antwortete Biesenbach hölzern. »Und passt auf das Kalb auf, dass es genug säuft«, hängte er noch an. Für einen Augenblick traf sich sein Blick mit dem von Jakob Junkers. Dann nickten sie beide stumm, und der Tierarzt startete seinen Wagen.

Als er eine halbe Stunde später auf dem Elbdeich stand, brach er in Tränen aus. Er konnte nicht sagen, um wen er weinte. Um sich selbst, den toten Holländer, den dichtenden Alwin, den nähenden Jakob oder den verunglückten Johann? Oder um das Ende seiner Beziehung mit Marion, die ihm lächelnd vorgeschlagen hatte, dass sie doch Freunde bleiben könnten? Man konnte es drehen und wenden, fest stand: Alles ging irgendwie den Bach runter. Er heulte Rotz und Wasser, während sich draußen in der Fahrrinne ein flussabwärts fahrendes chinesisches und ein norwegisches Containerschiff kreuzten. In diesem Moment wäre Biesenbach gerne an Bord des Chinesen gewesen.

De greeksche Lösung

Dat Fröhjohr lett dütt Johr mol wedder op sik töven. Siet dree Weken wöör noch eene dünne Iesschicht op de Stroten un de Sünn harr noch jümmer keen Kraft.

Aver in de Wohnstuuv vun Käthe Schult wöör dat wedder scheun warm, se harr ehre beiden besten Fründinnen Erna Meyer un Gerda Reimers to 'n Kaffee inloodt.

De dree Fründinnen harrn sik dat jüst kommodig mookt un dat eerste Stück Marzipontort dolneiht, Käthe harr jüst den tweeten Marillenbrand ut de Kommod utschenkt - un »Deerns! Wi mööt anstöten ... ik ...!« seggt, as dat an de Döör pingel.

»Nanu, wokeen mag dat woll ween?« Käthe keek sik verbast üm. »To Kaffeetiet krieg ik anners keenen Besöök!?«

»Na, denn goh man kieken, man rin, wenn 't keen Snieder is ...!«, gnicker Erna, de keenen Snaps afkunn un jümmer glieks dat gnickern anfüng.

Op de Deel hören se Käthe wat frogen un achteran kööm een luut Snuckern un Wenen, dat dat man so 'n Oort harr. Se hören, wi Käthe sä: »Meta, nu koom doch eerstmol rin, wi mööt doch nich hier buten stohn. Ik hebb jüst Besöök, aver koom man eerstmol rin, Deern!«

In de Döör rin kömen Käthe, de den Arm üm Meta Tammsen leggt harr, ehre Nohborsch.

Meta harr een root weent Gesicht un press ehr spitzenümhäkelt Taschendook op de Ogen un snuuv luut. »Oh nee, oh nee oh nee, wat schall dat bloots warrn?«

»Meta!«, tröst Käthe, »nu sett di doch eerstmol hin un drink een Marillenbrand un vertell fuurts wat los is! Is wat mit Hein?«

»Neeeee!« Meta snucker luut. »Aver is meist genau so leeg. Ik weet nich, wat ik moken schall!«

»Drink du man eerstmol eenen Marillenbrand, de helpt jümmer!«, meen Käthe un hol noch een Glas ut dat Schapp, in de Tiet harr Gerda al de Stohl för Meta trechtrück un leeg den Arm üm Käthe ehr Nohborsch.

Meta nöhm dat Glas: »Tja, wenn 't Nödigen denn keen End hett!«, un sluck den Snaps op eenmol daal. »Richtig so!«, kommandeer Gerda. »Nich nippen, glieks allens rünner, denn geiht di dat beter!« Un Käthe harr all den tweten inschinkt, un all Froons nöhmen noch mol eenen önnigen Sluck.

Meta wisch sik nochmol de Ogen mit dat Taschendook, schüttel sik un wull wedder anfangen mit ehr: »Oh nee doch ok, oh nee!«, bit Erna dat nu to bunt wöör: »Mensch, Meta ... nu vertell uns doch ennig wat los is, wat di so truerig mookt! Villicht gifft dat jo jichtenswat, wat wi för di doon köönt!«

»Ik hebb jüst eenen Anroop kregen!«, blarr Meta, »mien Vadder is doot bleven! Miene Süster Rosi ut Breckhusen hett eerst anropen, weet ji, uns Vadders, de wohnt doch bi Rosi – he hett vunmorgen eenfach doot in Bett legen un keen Piep mehr seggt! Is eenfach so doot bleven, eenfach so! Wo kann sowat nu angohn? Seggt mi dat! Wat mookt wi denn nu bloots?«

»Wo oolt is he denn worrn?«, erkunnig sik Gerda.

»Achtunachtig, aver topfit!«, anter Meta.

»Herzliches Beileid!«, meen Käthe salbungsvoll. »Dat is nich licht, wenn de Öllern vun uns goht. Aver Meta, dink jümmer doran, he is uns bloots vörutgohn, in Himmel gifft dat een Weddersehen!«

Gerda un Erna nickköppen.

»Datt seggst du woll, aver in jeden Fall will ik dat nich hoffen!« murmel Erna.

»Wat heet vörutgohn? Den mutt ik nich afsluut weddersehn, ok wenn he mien Vadder wöör!«, meen Meta nu un ehr Stimm harr een füünschen Klang. »De ole kniepig Keerl, nie hett he uns wat günnt in de letzten Johren, sien ganzet Geld tohoopholen, nie een goot Woort för mi un de Kinner! He wull doch domols nich, dat ik mienen Hein heiroden schull, ik schull doch nich in de Landwirtschop blieven, ik schull doch eenen Dokter heiroden oder tominnst doch eenen Schoolmeester, denn harr ik dat beter hatt, meen mien Vadder!«

»Woso dat denn? Ji hebbt doch den gröttsten Hoff hier in ganz Klütenmoor. Du hest dat mit dienen Hein doch opbaut, ji beiden hebbt doch veel schafft!«

»Dat jo, aver doch nich glieks, an Anfang harrn wi nich veel«, meen Meta, »un vun Vadders hebbt wi nie wat kregen. Aver Rosi, Rosi de wöör siene Leevste, de hett allens kregen, siene lütte Rosi. Rosi hier, Rosi dor!« Se blarr wedder: »Ik bün jo man bloots jümmer dat Aschenputtel ween!«

»Och, Deern«, tröst Erna, »loot uns man noch eenen Marillenbrand hebben, oder Käthe?«

Käthe schink in un de veer Froons proosten sik to.

»Aver Rosi un du ji hebbt jo doch jümmer goot verstahn«, fröög Gerda.

»Jo, dat jo – Rosi un ik wi hebbt keen Geheemnissen, dat glööv man, wi holt tohoop. Se is jo ok miene eenzige Süster, nee – Rosi hett mi jümmer wat afgeven, wenn wi wat bruken dään, aver mien Vadder is dat nie wies worrn! To 'n Bispeel de Inrichten för unsen Bioloden! De hett Rosi mi geven, de hett jümmer wüss, wenn wi wat bruken. Rosi un ik wi hebbt nienich Geheemnissen, wi beiden hebbt uns jümmer ünnerstütt!«

Erna un Gerda keken sik an. Meta Tammsen harr eenen Hoffloden, in den se Marmelood verköff un »sülvst mookt« Wust. Jedereen ut Klütenmoor wüssen, dat de Wust un de Marmelood vun 'n Discounter köömen, aver Meta möök dor scheune kariert lütte Deken üm un tüdel se mit een Wustband fast un schreev op de Etiketten: »Frische Wurst vom Land«.

Se harr eene Gewinnspann vun mehr as 300 Perzent, harr se fröher mol stolt op 'n Kaffeeklatsch vertellt. De Klütenmoorer wüssen dat natürlich, aver nich de Lüüd ut de Stadt, de dör Klütenmoor föhren, oder de ut Hamborg, de op den Campingplatz »An der Brackelkuhle« jemehr'n Urlaub verbringen dään.

Un wo Meta op anspelen dä mit »keen Geheemnissen twüschen Rosi un ehr«, ohnen de dree ok, denn al lang harrn de Lüüd doröber snackt, dat Meta sik af un an heemlich mol mit ehren Lover dropen dä, bi Rosi, de denn beid Ogen tokniepen dä. Düsse Lover, vertellen de Lüüd, wöör sogor Preester ut een streng kathoolsch Gegend bi Cloppenborg, de denn mol 'n Tour sienen Broder besöök, de rein tofällig in Breckhusen wohn. Un in Breckhusen wöör dat Zölibat nich güllig. De arme Keerl kreeg jo anners keen Froo in de Hannen. »Bloots goot, dat Hein dor nie nich achterkomen wöör. Dat harr wat geven! Over Froonslüüd mööt sik ok mol alleen amüseern«, meen Meta. »Un Mannslüüd mööt nu nich jümmer allens weten.«

»Nee, Opa sien Rent, dat wöör för de Familie fast inplont. Dorüm weet wi ok gor nich, wat wi nu moken schüllt, wo de wichtigste Inkommensfaktor op 'n Stutz wegfallt!«, meen Meta. »Wat schüllt wi bloots doon, 3000 Euro weniger jeden Moond. Woans köönt wi dat schaffen? De ganze Familie hett sik op em verloten! He is jo noch nich mol 90 ween, woans kann düsse Mann mit eenmol doot gohn, ohn an uns to denken! Wi schüllt wi ohn dat Geld utkomen, nu wo he nich mehr is?«

»Dat is würklich een Problem! Hebbt ji denn Schullen? Ik meen, bi joon grooten Hoff ...!«

»Naja, de Hoffloden is afbetohlt, aver Hein will doch uns Kartüffelschüün afrieten loten, dor schüllt twee Ferienhüüs hin, köst so üm un bi 100.000 Euro de beiden. Wi hebbt jüst den Kreditverdrag mit de Bank ünnerschrieven, dor wöör Opa siene Rent fast mit inplont. Un ok Rosi ehre Kinner – de Tamara hett sik jo letzt to ehren achtteihnsten Geboortsdag de Bost moken loten, een mutt sik jo wunnern wat so 'n beten Silikoon köst! Un de lütt Kevin hett sik ok all wedder eenen ne'en Reekner, Macbook heet de, köfft! Wi hebbt all uns Reken noch open!«, verkloor Meta.

»De Kortüffelschüün afrieten wüllt ji?« – »Jojo, wi kriegt doch sanften Tourismus, hebb ik höört, un dor mööt wi mit bi ween, twee lütte hölten Ferienhüüs, de köönt wi denn fix an de Lüüd ut de Stadt vermeden.«

»Tja, denn so wöör dat an 'n eenfachsten, wenn joon Opa nu gor nich doot wöör!«, foot Gerda de Ünnerhollen vun de letzt halve Stünn tohoop.

»Jüst so is dat«, anter Meta, »aver he jo nu mol doot!«

»Weet dat denn al eener?«, fröög Gerda liesen. »Ik meen – hebbt ji al eenen Dokter hatt oder wöör de Bestattungsünnernehmer al dor?«

»Nee nee, dat nich!«, meen Meta. »Ik bün jo glieks in miene eerste Panik to jo lopen. Rosi hett seggt, se foot nix an, se wüss nich, wat se moken schull, un wull eerst mi as öller Süster frogen!«

»Dat is goot«, meen Gerda, »denn is doch allens ganz eenfach. De greeksche Lösung!«

De Fründinnen keken sik an. »Wat meenst du mit greeksche Lösung??«

»Höört ji keen Norichten? Weet ji nich, wat los is in de Welt?«, fröög Gerda.

»In Greekenland hebbt se doch eene Wirtschopskries. Dor hebbt de Lüüd dat ok eenfach nich seggt, wenn de Opa doot gohn is, un de Rent wieter kasseert!«

»Un dorüm hebbt de dor de Wirtschopskries? Wegen Meta ehren Vadder?« Dat wöör wedder typisch för Erna, de sowat meisttieds nich kapeer.

»Ssch, Erna! Meta, dat is doch ganz eenfach! Kiek mol, wenn dat keeneen weet, dat he doot is, denn is doch allens goot. Denn vertellt ji dat keeneen un goot is! Denn leevt Opa noch 'n beten wieter un ji kasseert de goote Rent. Ji köönt em jo bi annere Gelegenheit mol doot blieven loten, wenn ji joon Ferienhüüs afstottert hebbt!«

»Un so kniepig, wo he jümmer to Meta ween is, steiht ehr dat Geld woll ok to. Is noch nich mol so 'n richtigen Swinnel!«, meen Erna.

»Hmmmm!«, meen Meta un överlegg. »Aver de Liek is doch dor, he is doch eenfach dor!«

»Jo, dat stimmt – Deerns – överleggt mol, wo kann de Liek hin?«

»Hebbt ji noch eene Güllekuhl?«, fröög Erna, de sik jüst wedder an besinnen dä, wo ehr Nohbor domols rein ut Versehn vun de Welt komen wöör. Erna ehr nervigen Nohbor wöör vör veele Johren mol bi natt Weer in Erna ehr Güllekuhl glitscht, dorbi harr Erna em egentlich bloots verjogen wullt un eenen Denkzeddel verpassen. Aver naja, so löööst sik veele Problemen. Siet de Tiet harr se ehre Roh.

»Nee, wi hebbt doch eenen modeern Buernhoff, wi köönt em doch nich in de Jauch smieten! Igitt, nee! Ok wenn Vadders jümmer so kniepig wöör, dat hett he ok nich verdeent!«

»Oder in eenen Sack in'neihn un in de Düwel smieten?«, düsse Vörslag kööm vun Gerda. »Oder in de Elv ... so as domols düsse Froo ... ji weet al ...!«

»Wi hebbt doch bald Oostern!«, överlegg Käthe luut.

»Ja, stimmt, un?«

»Oostern gifft dat doch jümmer een groot Oosterfüer!«

»Ja – un wat hett dat mit Vadders to doon?«

»Ja Mensch, Meta. Dor packt ji em mit rin, ganz ünnen. Kennst du nich eenen bi de Füerwehr? So as ik höört hebbt, sammelt doch de Füerwehr noch Geld för ehren ne'en Wogen. In Breckhusen hebbt se eenen ne'en kregen, in Lüttendiek ok un sogor in Groot-Düwelsfleth hebbt de eenen scheunen ne'en Füerwehrwogen. Bloots de Klütenmoorer juckelt noch mit jemehr oole Kist in de Gegend rüm. De sammelt doch all so lang ... villicht lett sik dor wat moken mit een önnige Spenn?«

»Vun Opa siene Rent?«, gnicker Erna.

»Oosterfüer, Oosterfüer ...«, överlegg Meta luut. »Hein sien beste Fründ is jo de Brandmeester Jonny Brümmer, villicht kann he mit den mol snacken!«

»He drüff natürlich nich seggen, dat sik dat üm een Liek hannelt, de he dor ropsmieten will!«, trumpeet Erna.

»Erna, also dat is jo woll kloor. Villicht hebbt ji noch Treckerreifen wegtosmieten oder Plastiksäck? Hier in Klütenmoor warrt dat mit de Ümwelt jo noch nich so genau nohmen! Ik bruuk hier jo woll keeneen antokieken«, meen Gerda, »wenn ik dor an düssen Hein Peters denk, de dor mol ganz tofällig in diene Güllekuhl fullen is, Erna ... naja ... de hett dor jo ok jümmer Altööl weggoten!«

»Dor harr ik nix mit to doon! Dat wöör een Unfall«, rööp Erna un de annern keken sik an. »Jojo ... is jo ok all lang her ...«

»Ik warr Hein mol losschicken, de kann Jonny mol eenen utgeven un mit em snacken. Aver eerstmol roop ik Rosi an un vertell ehr joon Idee. Ik wüss doch, dat ik mi op jo verloten kann!« Meta harr ehr Tronen dröögt un wedder frischen Levensmoot.

»Wi Froonslüüd mööt doch eenfach tohoopholen!«, meen Käthe. »Aver bevör dat du wedder no Huus geihst, hier gifft dat eerstmol noch eenen Marillenbrand!« –

Jonny Brümmer wunner sik een beten, as an 'n sülvigen Obend Hein Tammsen vör de Döör stünn mit eenen Buddel Strothmann. No een beten Hen un Her kööm Hein dormit rut, dat he een beten »delikat« Anliggen harr, as he sik utdrück un Jonny un he wöörn eerstmol in de goote Stuuv gohn. To 'n Glück wöör Martha, Jonny sien Froo, jüst no 'n Karkenchor un so harrn de beiden Keerls de Gelegenheit, sik bi Beer un Strothmann mol so richtig uttosnacken.

De Week vör Oostern wull de Füerwehr in Klütenmoor dat Oosterfüer opschichten un Hein Tammsen vertell, dat he wat verswinnen loten müss, wat keeneen weten dröff, ok Jonny nich.

He wull düssen »delikat Inhalt« in groote papeern Düngersäck verpacken, dormit dat ok goot brennen dä.

»Aver ...!«, meen Hein un plier verschwörerisch mit sien Oog, »Jonny, du un ik wi beid weet, wo wi vun snackt, nich? Du weest doch, dat ik de oole Kartüffelschüün afrieten mutt, wi wüllt doch Ferienhüüs boen!«

»Jojo, de oole Kartüffelschüün ... ik weet, jo!« Jonny keek em an un grien bloots.

»De oole Kartüffelschüün! Wenn düsse Schüün snacken kunn, de harr veel to vertellen!«

»Un Jonny, du weetst doch noch, wat in düsse Kartüffelschüün in wöör ...?«, fröög Hein.

»Jo, wiss! Dat weet wi all!«, lach Jonny, »wat hebbt wi dor mitünner fiert. Oh Mann, dat dröff keeneen weten!«

Alle Mannslüüd ut Klütenmoor över achteihn Johren wüssen, dat Hein Tammsen in siene Kartüffelschüün nich bloots een beachtlich Kollektschoon vun Gummipoppen harr, de he to sien Pläseer dor op bewohrt harr, wenn Meta mol wedder ehre Migräneattacken harr.

In de Kartüffelschüün harr he ok noch siene grooten Kartons mit teihn Johrgänge vun »St. Pauli Nohrichten« un »Heiße Moppels« un annere Erotikheften opbewohrt un harr Films, Hefte un Poppen an siene Kumpels ut Klütenmoor utlehnt, wenn Noot an 'n Mann wöör.

Sünnerlich de roothoorde Popp mit den root schminkten Mund harr de Keerls dat andoon, toletzt harr se al jümmer de Luft verloren un wöör teemlich afnudelt.

Eenmol harr de Storm een Lock in't Dack reten un de Keerls wöörn dor jüst noch achterkomen, as al de eersten Pornoheften op den Karkhoff, de blangen de Kartüffelschüün leeg, röverflattert.

In eene Nacht- un Nebelakschoon harrn Jonny un een poor Frünnen de Biller vun de nokelt Deerns blangen de Graffsteed opsammelt, bevör dor eener achterlööm, un harrn ok in de sülvige Nacht glieks dat Lock in't Dack wedder tostoppt.

Wenn Jonny dor noch över nodach, wat dor mitünner no de Füerwehrobend noch afgahn wöör, lööp em dat jümmer noch hitt den Rüch rünner. Bloots goot, dat de Froonslüüd dor nie nich achterkomen wöörn. Dat harr wat geven! Aver Keerls mööt sik ok mol alleen amüseern, meen Jonny, un Froonslüüd mööt nu nich jümmer allens weten.

Un Hein harr ok nie wat dorgegen hatt, wenn sik een Keerl ut Klütenmoor mol mit een anneret Froonsminsch as sien egen Froo vergnögen wull un wenn dat verleevte Poor nich wüss, wo se anners henschullen. In Hein sien Kartüffelschüün wöör jümmer Platz un Roh ween för jem all.

Schood, dat se nu wegkummt, dach Jonny. Kloor müss Hein sien ganzen »delikaten« Kroom nu verswinnen loten, Meta schull dat natürlich nich wies warrn.

För Jonny wöör ganz kloor, dat he in düsse Sook een Oog totodrücken harr, wenn sien oole Füerwehrkumpel un Fründ Hein Tammsen wat to entsorgen harr, dat keeneen wat angüng!

»Wi Mannslüüd mööt uns eenfach gegensiedig helpen«, meen Jonny, »aver Hein, bevör dat du nu no Huus geihst, loot uns man eerst noch mol eenen Strothmann drinken!«

Dat Hein em för de Füerwehr eene gröttere Spenn versproken harr, möök sienen Beslutt wegtokieken, wenn Hein mit siene Säck kööm, noch eenfacher. Villicht klappt dat jo doch noch mit dat ne'e Füerwehrauto, dach sik Jonny, as he achter sienen Fründ de Döör tomook.

»Wat wöör dat för een scheunet groote Oosterfüer!«, dach sik Kommissar Oskar Flachmann un nöhm eenen önnigen Sluck Beer ut siene Buddel, wo scheun, dat he mol düssen Oostersünnobend nich in'n Deenst wöör. De letzten Weken wöörn een Stück

Arbeit ween, sünnerlich wenn he an düsse Sonnerkommischon denken dä, de versöcht harr, de Doot vun de dree Landodeligen ut Groot-Düwelsfleth optoklären. Wenn he noch doran dach ... igitt!

Un düsse Soko »Blattschuss« harr em eerst recht Nerven köst ... Un wat wöör dorbi rutkomen? Rein gor nix! Düsse Verbrekers in Klütenmoor wöör nich licht op de Schliche to komen, dach sik Oskar Flachmann. He harr sik de Arbeit op siene ne'e Steed anners vörstellt, veel kommodiger. Woans kunn dat bloots angohn, dat hier in'n Moor so veele Lüüd op appeldwatsche Oort vun de Welt köömen? Nich an denken, nich vundoog! Flachmann süchts liesen un nöhm eenen grooten Sluck Beer ut siene Buddel.

Wat för eenen scheunen Obend, de Luft wöör meist een beten lurig, nodem dat so lang koolt wöör.

Blangen em stünn een smucke junge Deern, mit eenen teemlichen Vörbau. Mann, wat harr de för 'n Figur, wöör dat nich Tamara, de Enkeldochter vun Hein un Meta Tammsen?

Oskar Flachmann dreih sik een beten no ehr rüm un keek ehr genauer an, jo – bi de Deern wöör he ok nich nee seggen, ok wenn he jo al meist een beten to oolt vör ehr wöör. Aver wenn he 't recht överlegg, egentlich wöör he doch noch een Mann in siene besten Johren, un Kommissare möken doch meist Indruck op Deerns. Villicht schull he ehr doch mol ansnacken?

Flachmann keek in de Flammen, keek in dat Dekoltee vun de Deern un leck sik den Beerschuum vun de Lippen. Mit eenmol kööm em so een gediegenen

Röök in de Nääs. Dat röök anners as Oosterfüer, dach he sik, jichtenswie so ... mh ... sööt. Afsünnerlich, dach sik Flachmann un snupper noch mol. Dor wöör doch jichtenswat nich in de Reeg!

In düssen Momang keek de sööt Deern no em röver un keek em in de Ogen: »Na, Herr Flachmann? Heute gar nicht im Dienst?«

Ach, Schiet, dach sik Flachmann – bestimmt sünd dor wedder de jungen Lüüd ut Klütenmoor achter de Wustbuud an 'n Kiffen. Schall mi nu egol ween! Vundoog hebb ik free, ik bün nich in Deenst un ik will mi nich den Obend utschännen!

»Halllllooooo!«, sä he to de Deern. »Segg mol, büst du nich Tamara? Dröff ik di eenen utgeven?«

Bi dat Lächeln dat trüchkööm, harr Flachmann den sööten Röök al wedder ut de Nees un konzentreer sik lever op dat Parfum, dat em ut Tamara ehr Dekoltee in 'e Mööt kööm.

»Giern!«, anter de Deern, »an 'n Leevsten drink ik Strothmann mit Cola!«

Eiszeit

Emilies Augen wurden immer schlechter. Da half nur noch die Lupe. Groß und schwarz sprangen ihr nun die Zahlen auf dem Wandkalender entgegen. »Schon der 10. Februar 1979«, murmelte sie. Die Zeit rauschte nur so an ihr vorbei. Das sollte im Alter ja immer so sein. Keine Ahnung. Sie kannte keine anderen Alten. Man traf sie nie an diesen Nachmittagen, wo ein paar Partien »Halma« oder »Mensch-ärgere-dich-nicht« oft noch einen Rattenschwanz aus dünnem Gesang und von ihr nur halb verstandenen Segenssprüchen nach sich zogen. Auch Butterfahrten interessierten sie nicht. Sie aß nur Margarine.

Ja, alles ließ nach. Der Appetit. Die Augen. Und auch die Ohren. Zum Glück spürte sie aber immer noch diese alte Kraft in ihren Armen. Wenigstens das! Trotzdem, das Älterwerden war wie eine Wundertüte mit Überraschungen, auf die man gerne verzichtet hätte. Und dann dieses ewige Gefrage der Nachbarin: »Guten Tag, Frau Fuchs. Na, wie sieht's denn heute aus?« Ja, wie wohl? Hatte die Frau denn keine Augen im Kopf?

»Na, Frau Fuchs, haben sie nicht doch Lust, an einem bunten Seniorentreffen teilzunehmen? Ich arbeite ehrenamtlich für Antonius.«

»Für wen arbeiten Sie? Ich kenne keinen Antonius. Ist das diese Pizzeria am Ende der Straße?« Die Frau im Türrahmen lachte auf.

»Nein, ich backe keine Pizza. Ich arbeite für den heiligen Antonius, den Einsiedler. Ich meine, ich mache mich in der Kirchengemeinde nützlich. Wissen Sie, ich liebe den Kontakt zu Senioren. Und bei uns gibt es auch herrliche Kuchen und Torten.« Nun ja, das war ja schön, aber Emilie lockte es trotzdem nicht.

Da war sie eher so wie dieser heilige Antonius, dieser Eremit. Den hatte bestimmt auch nie jemand zu einem Altennachmittag abgeschleppt. Außerdem war ihr diese Frau zu neugierig. Bei jedem Besuch machte sie einen langen Hals wie ein Schwan, um einen Blick in ihre Wohnung zu werfen. Emilie hasste das. Genauso wie schwere Sahnetorten. Die waren für sie schon von Berufs wegen tabu. Ein paar Gramm mehr auf den Hüften hätten alles aus dem Gleichgewicht gebracht.

Endlich war diese »Seniorenfreundin« nicht mehr bei Emilie aufgekreuzt. Stattdessen hatte dann unangemeldet eine Frau vom Sozialamt auf der Matte gestanden. Bestimmt steckte diese »Antonius-Tante« dahinter, nur weil sie nicht an diesen »Altenbespaßungen« teilnahm!

Emilie vergaß viel. Aber das, was die Beamtin gesagt hatte, das hatte sich in ihr Hirn eingebrannt: »Meine liebe Frau Fuchs, so allein geht das nicht mehr. Sehen Sie sich doch einmal um! Hier kann man ja kaum noch einen Fuß vor den anderen setzen. Sie könnten stürzen. Da holen wir uns doch schnell einen Oberschenkelhalsbruch. Und wir wollen doch auch nicht, dass man Sie von Amts wegen in ein Heim bringt? Wir sind doch ganz vernünftig, Frau Fuchs, oder?«

Warum redete diese Frau nur so mit ihr? Warum immer dieses dämliche »Wir«, wenn nur ein einzelner Mensch gemeint war? In Emilie war neben der Angst jetzt auch blanke Wut aufgestiegen. Was wusste dieses junge Ding denn schon von Stürzen? Was wusste diese Schreibtischtäterin davon, wie gut man sich abfangen konnte – vorausgesetzt natürlich, man beherrschte die richtige Technik des Abrollens? Nichts wusste sie davon!

Und auch ihre Wohnung musste niemandem gefallen. Es hatte sie viel Kraft gekostet, die transparenten Stoffbahnen an der Decke aus Styroporplatten zu befestigen. Aber es war alles wunderschön geworden. Eisblau, mit unzähligen silbernen Sternen bedruckt, bauschten sich luftige Tücher unter der gelblich weißen Zimmerdecke. Manchmal glitt das weiche Gewebe wie ein sanftes Streicheln über ihr Haar. Das Glitzern unter der Zimmerdecke und der Schein der vielen Teelichter in den alten Marmeladengläsern gaben Emilie das Gefühl, endlich wieder »zu Hause« zu sein.

Zum Glück hatte die fremde Besucherin nicht auch noch Emilies Schlafzimmer inspiziert. So war ihr verborgen geblieben, dass dieser Raum ein Irrgarten aus kreuz und quer gespannten Stoffbahnen war, in dem das einzige Fenster hinter einem Gewirr aus zerschnittenen Mullbinden verschwand. Märchenhaft thronte in der Mitte des Raumes ein ringsum mit Silberfolie beklebtes Bett, auf dem eine riesige Decke aus weißem Kaninchenfell lag, die links und rechts auf immer höher werdende Watteberge fiel, die sich langsam zu dicken Wolken formten.

Dieses Zimmer durfte nur der Junge betreten. Emilies Herz hatte ein paar Takte ausgesetzt, als sie ihm zum ersten Mal im Lift begegnet war. Dieses blonde Haar, die grünen Augen und auch die Größe, alles stimmte. Selbst die Art, wie er sie grüßte. Nur ein kurzes Nicken, gepaart mit einem Lächeln, das für einen Augenblick die kleine Zahnlücke zwischen den oberen Schneidezähnen freigab. Ach, wie liebte sie dieses Lächeln!

Zwei Tage später hatte Emilie ihn dann gefragt, ob er nicht gelegentlich für sie einkaufen könnte. Michi, der Sohn des neuen Hausmeisters, hatte sofort »Ja« gesagt. Jetzt war er für sie da. Nun tat er, um was sie ihn bat. Und es machte ihm sichtlich Spaß, mit ihr zusammen silbrige Papiersternchen durchs Zimmer zu werfen.

»Echt Spitze, deine Bude, Mimi!« Ja, er sagte Mimi zu ihr, so wie man sie als Kind gerufen hatte. »Und solche Klamotten, wie du sie hast, Mimi, die hat meine Mutter auch nicht. Bei ihr ist nichts mit Flitterkram oder Perlen bestickt. Alles muss pflegeleicht und knitterarm sein. Und mein Oller trägt immer noch diese blöden Hemden mit der aufgestickten schwarzen Rose.«

Emilie lächelte, wenn er von seinem Zuhause erzählte. Ja, dieser Junge war etwas ganz Besonderes. So ein zartes Kerlchen war viel zu schade für das Leben auf See, das er gleich nach seinem 18. Geburtstag beginnen wollte. Allein der Gedanke, dass er sie verlassen könnte, schnürte ihr das Herz zusammen. Nicht noch ein Abschied!

Obwohl Emilie so alt und Michi so jung war, duzten sie sich. »Lass man das förmliche Getue mit Frau Fuchs und so. Ich bin die Mimi!« Dabei hatte sie ihm ihre knochige kräftige Hand entgegengestreckt. Dass sie immer wieder seinen Namen vergaß und ihn Max nannte, störte ihn nicht.

»Ich wünschte, bei uns würde auch mal der ganze Spießerkram rausfliegen. Dieser blöde Hirsch in Öl, der fast die halbe Wand einnimmt. Und dann erst der Schinken mit der ollen Spanierin! Gibt jedes Mal Krach mit Mudders, wenn Vadders wieder zu lange auf die Titten dieser gemalten Tusse starrt: ›Na, Ole, haste wieder mehr Augen für dieses Flittchen als für deine Frau?‹«

Emilie hatte nur geschmunzelt. »Das ist nun einmal ihr Geschmack. Aber wenn du auf eigenen Füßen stehst, dann lebe so, wie du es für richtig hältst!« Wenn die alte Frau an ihren jungen Freund dachte, dann wurde ihr warm ums Herz und alle Schwermut fiel von ihr ab.

»Frau Fuchs, hören Sie mir eigentlich zu?«, fragte nun die Frau vom Sozialamt gereizt.

»Ja, ja, doch, ich habe alles verstanden. Aber ich komme hier noch gut alleine klar.« Mit krauser Stirn schüttelte die Beamtin den Kopf.

»Das sehe ich aber anders, Frau Fuchs. Ganz anders! Können Sie mir bitte erklären, warum hier mitten in Ihrer Küche ein altes Trapez unter der Decke hängt? Finden Sie das nicht etwas mehr als ungewöhnlich?« Emilie sah mit versteinerter Miene durch die Fragende hindurch und antwortete nicht.

Nervös tippte die Beamtin jetzt mit ihrer rechten Schuhspitze aufs Linoleum. Diese Frau Fuchs war genauso störrisch wie ihr eigener Vater, wenn es darum ging, endlich den Autoschlüssel abzugeben.

»Frau Fuchs, sagen Sie mir bitte, warum da ein Trapez hängt!«

»Ja, das ist ein Trapez«, antwortete Emilie leise. Mit einem wütenden Stampfer beendete die Beamtin nun das Wippen unter dem Tisch, dafür zupfte sie jetzt an ihren Nagelrändern. Und Emilie schwieg weiter.

»Das neue ›Haus am Fleet‹ ist wirklich sehr zu empfehlen. Sie werden sich dort wohlfühlen. Wir sind doch vernünftig, Frau Fuchs. Haben wir uns verstanden?«

Endlich hatte diese Frau die Wohnung verlassen. Von ihrem Balkon im 9. Stock sah Mimi dieser »Altenheim-Schönrednerin« so lange nach, bis ihr französischer Kleinwagen endlich hinter dem nächsten Häuserblock verschwunden war. Genüsslich inhalierte sie nun die kalte Luft und beugte sich weit nach vorn über die Balkonbrüstung, bis sie das Eisengeländer hart an ihrem flachen Bauch spürte. Tief unter ihr wurde der zertretene Rasen von einem Plattenweg in zwei Hälften geschnitten. Aus dieser Höhe sahen die beiden grüngrauen Flächen aus wie abgetretene Bettvorleger.

»Wann kommst du, Winter? Wann endlich bedeckst du alles Hässliche mit deinem gnädigen Weiß?«, murmelte Emilie. Langsam schlurfte sie in ihre Küche zurück und ließ sich auf einen Stuhl sinken. Das Gespräch, das eigentlich ein Monolog gewesen war, und die Drohung, sie notfalls mit Zwang im Heim unterzubringen, hatten sie völlig aus dem Gleichgewicht gebracht. Emilie fröstelte und ihr Unterkiefer begann zu zittern. Langsam schob sie ihren ausgeleierten linken Pulloverärmel hoch und streichelte mit der rechten Hand über ihren sehnigen Unterarm. Allmählich wurde sie wieder ruhiger.

»Nein, ich bin nicht allein. Ich werde nie mehr allein sein«, murmelte sie nun ein paar Mal. Wie in Zeitlupe drehte sie dann ihren Kopf in Richtung Zimmerecke, in der eine große Kühltruhe vor sich hin brummte. »Nein, ich bin nicht einsam«, flüsterte sie noch einmal. Dabei umspielte ein seliges Lächeln ihre faltigen Lippen.

Die Frau von der Sozialbehörde hatte sie Mitte November besucht. Mehr als zwei Monate waren inzwischen vergangen. Heute war der 10. Februar 1979. Und die Welt ging unter im Schnee.

Mimi konnte sich einfach nicht sattsehen an der weißen Pracht, die andere eine Katastrophe nannten. Schon zum dritten Mal an diesem Tag öffnete sie ihre Balkontür und trat nach draußen. Wie liebte sie diese klirrende Kälte und diese Höhe! Immer noch kribbelte es in ihrem Bauch, wenn sie in die Tiefe blickte. Mimi Fuchs war absolut schwindelfrei. Mein Gott, wie lange lag das alles schon zurück!

In schwindelerregender Höhe hatte sie als Trapezkünstlerin gearbeitet. Sie war der absolute Star der »Fliegenden Füchse«. In ganz Europa hatte die Presse über sie berichtet: »Die fliegenden Füchse begeistern Berlin.« »Sensationelle Akrobatik im Tivoli.« »Paris liegt Mimi Fuchs zu Füßen.« »Der englische König empfängt die ›Flying Foxes‹.« Monatelang hatte sie mit ihrer Glanznummer »Schneekönigin« die Schlagzeilen aller großen Magazine bestimmt.

Ja, ihre Zeit, das waren die dreißiger Jahre gewesen. Noch heute hatte sie den Klang des Trommelwirbels im Ohr, wenn sie kurz vor dem Absprung hoch oben unter der Zirkuskuppel gestanden hatte. Danach setzte das Orchester mit einer zarten Melodie ein, die von Glöckchengeläut begleitet wurde.

Und in diesem Orchester hatte auch Max Zweiglein, ihr Verlobter, Klarinette gespielt. Ja, ihr Max, der später ohne Abschied in einer Nacht- und Nebelaktion hatte fliehen müssen. Sein letztes Lebenszeichen war eine lustig-bunte Postkarte aus Lissabon mit einem traurigen Text. In Südamerika verlor sich seine Spur, aber er würde zu ihr zurückkommen. Ganz bestimmt.

Deutlich hatte Emilie jetzt wieder ihr weißes Cape vor Augen. Silbrig bestickt mit glänzenden Kristallen, war es aus der Zirkuskuppel im funkelnden Licht der Scheinwerfer zurück in die Manege geschwebt. So sanft und schwerelos wie eine Botschaft aus dem Reich des ewigen Eises.

Mitten in ihren kraftvollen Trapezschwüngen hatte sie ihre Hände von der Stange gelöst, um im freien Fall in die wartenden Arme ihres Bruders zu fliegen, der ihr von der anderen Seite der Kuppel als Fänger entgegenschwang. Und während sie noch völlig frei in der Luft schwebte, war ihr jüngerer Bruder von der anderen Seite an ihr vorbeigeschossen, um ihr nun frei gewordenes Reck anzusteuern. Sie hatten diese Nummer immer weiter ausgebaut, und irgendwann war sie die einzige Artistin in Europa, die den dreifachen Salto zwischen zwei schwingenden Trapezen beherrschte. Ihr Auftritt wurde als die größte Attraktion zwischen Stockholm und Palermo gefeiert.

Alles vorbei, nichts als Erinnerung! Nun war sie alt, und man wollte sie verfrachten wie ein Paket. Emilie ging vom Balkon in ihre Wohnung zurück. Für den Nachmittag waren orkanartige Sturmböen angesagt, das Radio sendete eine Unwetterwarnung nach der anderen. Auf den Autobahnen herrschte Chaos, ab Münster in Richtung Norden ging nichts mehr. Etliche Dörfer waren bereits von der Außenwelt abgeschnitten. Selbst die Hamburger Innenstadt erreichte man nur noch unter größten Schwierigkeiten. Ganz Norddeutschland versank unter den eisigen Schneemassen.

Emilie war mehr als glücklich darüber. Das war ihr Wetter. Genau passend zu ihrem Lieblingsmärchen von Hans Christian Andersen. Noch immer konnte sie einzelne Passagen aus dem Kopf aufsagen:

»Die Schlossmauern waren aus Schneewällen, und die Türen und Fenster hatten eisige Winde ausgeschnitten. Es waren viele Hundert Säle, der größte war meilenweit, und alle waren vom Nordlicht erleuchtet. (...) Hier gab es kein Fest, nicht einmal einen Ball für kleine Eisbären, die dann auf den Hinterbeinen so schön hätten tanzen können.

Nie wurde hier gespielt und gescherzt, nicht einmal die weißen Füchsinnen hatten eine Kaffeegesell-

schaft. (...) Mitten in dem riesigen Schneesaal war ein zugefrorener See, der war in tausend Eisschollen zerbrochen. Aber ein Stück glich bis ins Kleinste dem andern, dass es ein wahres Kunstwerk war. In der Mitte des Sees saß die Schneekönigin und sie sagte, dass sie im Spiegel des Verstandes säße und dieser sei der beste und einzige der Welt.«

Bei dem dänischen Dichter war die Schneekönigin eine herzlose Frau, die einen kleinen Jungen in ihrem Schloss gefangen hielt, nachdem sie sein Herz in einen Eisklumpen verwandelt hatte. Für Mimi Fuchs aber war sie die schönste und vollkommenste Herrscherin der Welt. Und jetzt war die Zeit der Schneekönigin gekommen, ihr Reich rückte immer näher. Auf Mimis Balkon türmten sich bereits hohe Schneewehen wie prall gefüllte Plumeaus.

Emilies Blick fiel auf den Tisch. Noch immer lag da dieser Brief. Zitternd hatte sie ihn geöffnet. So wie jedes Mal, wenn etwas von amtlicher Stelle kam. Der Inhalt des Schreibens war kurz und eindeutig. Neben der Unterschrift prangte ein fettes Siegel. Sie machten also Ernst. Man würde sie abführen wie ein Lamm zur Schlachtbank.

Dann waren ihr Zweifel gekommen. Vielleicht hatten die anderen ja recht? Vieles ging ihr nicht mehr so leicht von der Hand wie früher. Und seit ihr junger Freund nichts mehr für sie erledigen konnte, war alles noch schwieriger geworden. Alles kostete so viel Kraft. Im Supermarkt starrte man sie an. Und auf der Straße rief man ihr dumme Sprüche hinterher: »Guck mal, die Alte da. Geht am helllichten Tag in einem Karnevalskostüm spazieren! Die hat sie doch nicht mehr alle!«

Wie dumm die Menschen waren! Das war doch ihr Schneeköniginnen-Mantel, den sie tragen musste. Diese Stimme hatte doch zu ihr gesprochen. Ganz deutlich hatte sie es gehört: »Guten Morgen, Majestät, haben Sie gut geruht? Sie sollten sich nie wieder ohne Ihren prachtvollen Umhang in der Öffentlichkeit zeigen, meine Königin. Ihr seid die alleinige Herrscherin über das Reich der Kälte.«

Emilie hatte niemandem von dieser Stimme erzählt. Das war einzig und allein ihr Geheimnis. Seitdem verließ sie ihre Wohnung nicht mehr ohne das alte Zirkuscape. Würdevoll schritt sie nun durch die Siedlung, der weite glitzernde Umhang umwehte sie. Gelächter und Spott perlten von ihr ab wie der Regen von einem Blatt. Allerdings fragte sie sich, wo ihre Hofdame und ihr persönlicher Adjutant geblieben waren. Eine Königin hatte doch einen Hofstaat, nicht wahr!?

Emilie saß am Fenster und wartete auf ihr Personal. Dabei beobachtete sie das kleine rotierende Blinklicht des Schneepfluges, der in einer wahren Sisyphus-Arbeit versuchte, die Straße freizubekommen. Sie lächelte spöttisch. Gegen solche Schneemassen kam so ein Spielzeug-Bagger nicht an. Sie allein, die Königin über den ewigen Winter, verfügte über die Macht, das eisige Wüten zu stoppen. Aber sie dachte gar nicht daran. Was gab es Schöneres als dieses Brausen, die immer höher wachsenden Berge aus Abermillionen von Schneekristallen?

Emilie nahm nun ihr einziges langes Abendkleid von der Stuhllehne. Wunderschön würde sie darin aussehen. 1941 hatte sie es bei einem Fest im kleinen Kreis zum ersten Mal getragen. Dort waren all diejenigen versammelt, von denen man sonst nur in den Zeitungen las oder im Radio hörte. Ja, auch *er*, dessen Name von manch einem mit fast religiöser Ehrfurcht ausgesprochen wurde, auch *er* war dort gewesen. Und der mit dem rheinischen Singsang hatte sie erstaunlich leichtfüßig übers Paket geführt, obwohl er sonst hinkte.

Süffisant hatte er sich von ihr verabschiedet: »Wir sehen uns noch später, schönes Frollein«, als ein dicker Mann in schneeweißer Uniform neben ihr aufgetaucht war. Mit glasigen Augen hatte er sie angeglotzt und gelallt: »Mit unseren Bombern werden wir LoLolondon plattmachen! Platt wie einen Blaubeer-Pfannkuchen!« Dann war er in ein wieherndes Gelächter ausgebrochen. Und Mimis Champagner hatte plötzlich schal geschmeckt.

Das Flackern der Lampe holte die alte Frau aus ihren Erinnerungen zurück. Im Radio hieß es jetzt, dass Masten abknickten und ganze Landstriche bereits ohne Strom waren. Langsam ging Emilie auf die große Tiefkühltruhe zu. Vorsichtig hob sie den Deckel an, auf dem noch Reste eines breiten Paketbandes klebten. Erstaunlich leichtfüßig erklomm sie den Barhocker, der direkt neben dem Kühlgerät stand. Hin und wieder flackerte das Licht der Stehlampe. Bald würde vielleicht auch die Hochhaussiedlung ohne Strom sein. Besorgt blickte die alte Frau nun von ihrem hohen Sitz aus in die eisige Truhe.

Frau Reeper von der Sozialbehörde und der sie begleitende Polizist Dustermeier hatten es nur mit großer Mühe geschafft, die Siedlung »Am Hasenhümpel« zu erreichen. Heute mussten sie eine alte Frau zwangsweise ins Heim bringen. Frau Dr. Mispelbaum, die Amtsärztin, würde sich mit ihnen in der Wohnung von Emilie Fuchs treffen. Hoffentlich ginge das alles schnell über die Bühne.

Mimi Fuchs konnte nicht sagen, wie lange sie schon auf dem Barhocker gesessen hatte. Zuerst hatte sie nur stumm in die Truhe geschaut. Dann murmelte sie vor sich hin: *»Der kleine Kay war ganz blau vor Kälte, ja fast schwarz, aber er merkte es doch nicht, denn sie hatte ihm den Frostschauer abgeküsst, und sein Herz glich einem Eisklumpen.«* Immer noch flackerte das Licht der Stehlampe heftig und warf zuckende Schatten auf die silbergraue Tapete.

»Du bist viel schöner als der kleine Kay«, flüsterte sie mit zärtlicher Stimme in die Kälte der Truhe hinein: »Du bist mein perfekter Prinz und wirst es für alle Ewigkeit bleiben.« Das schmale Gesicht zwischen den Plastikfolien und Eiswürfeln spiegelte sich bruchstückweise in den Scherben des Spiegels, der einmal Emilies Garderobenspiegel gewesen war. »Schlaf nur weiter, mein Liebling. Schlafe süß. Bald sind wir vereint.«

Den Blick unverwandt auf den eisigen Inhalt gerichtet, rutschte sie nun von ihrem Hocker. Mit spröden Lippen hauchte sie dem zu Eis Erstarrten einen sanften Kuss auf die Stirn. Seine von frostigem Reif überzogene Haut war in Emilies Augen makellos. Eiskristalle funkelten in seiner blonden Meckifrisur.

Für Emilie war es ein Beweis ihrer ewigen Liebe, dass sie Michi bei seinem letzten Besuch KO-Tropfen in den Schokoladenpudding gerührt hatte. Natürlich hatte der junge Mann ihre Liebe erwidert. Wäre er sonst noch einmal heimlich zu ihr gekommen, nachdem er sich schon von seinen Eltern verabschiedet hatte? Seine letzten Stunden an Land hatte er lieber mit ihr verbringen wollen als im elterlichen Wohnzimmer unter dem röhrenden Hirsch. Wie erwachsen er vor ihr gestanden hatte in seiner blauen Wolljacke, den Seesack lässig über die Schulter geworfen.

Ein letztes Mal hatten sie zusammen gegessen. Später hatte sie es mit einiger Mühe geschafft, den schlaffen Körper bis zur Tiefkühltruhe zu schleifen, um ihn dort mithilfe eines Seilzugs in den eisigen Sarg zu bugsieren. Ein liebevoll gemachtes Bett aus Plastikfolie, Eiswürfeln und Spiegelscherben erwartete ihren schönen, jetzt stummen Liebling. Als Emilie den Truhendeckel fest mit Klebestreifen verschlossen hatte, war sie in Tränen der Erleichterung ausgebrochen. Und dann hatte wieder diese Stimme zu ihr gesprochen: »Nun ist alles gut. Dein Prinz ist für immer bei dir. Kein Schiff trägt ihn um die Welt. Du wirst nie mehr einsam sein und so glücklich wie nie zuvor in deinem Leben.«

Die beiden Beamten waren erschöpft und durchgefroren, als sie endlich auf den Klingelknopf mit »E. Fuchs« drückten. Wider Erwarten wurden sie von der alten Dame sehr freundlich hereingebeten. Wie schön, dass sich Frau Fuchs einsichtig zeigte.

»Kommen Sie doch herein! Das ist vielleicht ein Wetter! Bitte, nehmen Sie Platz. In der Küche steht heißer Fliederbeeren-Grog. Der wärmt bis in die Knochen.« Die beiden Besucher nahmen das Angebot dankend an. Bei diesem Wetter konnte man die strengen Dienstvorschriften getrost beiseiteschieben.

»Frau Fuchs, es freut uns sehr, dass Sie heute so kooperativ sind. Frau Dr. Mispelbaum, die Amtsärztin, muss auch jeden Moment kommen.«

Die alte Artistin saß lächelnd auf ihrem Stuhl, während ihre beiden durchgefrorenen Besucher noch ein zweites Glas leerten.

»Ach, da fällt mir ein, darf ich Ihnen vielleicht auch noch etwas von meinem selbst gemachten Schokoladenpudding anbieten? Ich habe noch zwei Portionen übrig behalten. Das ist ein Rezept aus Frankreich.«

»Also, ich nehme gerne ein Schälchen. Sie auch, Herr Kollege? Bei Schokoladenpudding kann ich einfach nicht widerstehen. Man sollte nichts verderben lassen. Haben Sie noch mehr Vorräte, die wegmüssen, Frau Fuchs?«

Und dann war die Beamtin auch schon aufgestanden, um auf den Tiefkühler zuzusteuern.

»Nein, nein, setzen Sie sich ruhig wieder. Die Truhe samt Inhalt habe ich meiner Nachbarin geschenkt. Sie wird sich darum kümmern. Das ist alles geregelt.«

Mit Genuss löffelten Mimis Gäste die gleiche Mixtur, die auch schon Michi ins Eis befördert hatte. Die Wirkung setzte schnell ein. Aber es war doch schwer, die beiden Beamten nacheinander hinaus auf den nun fast zugewehten Balkon zu schleifen. Endlich lagen beide friedlich in den hohen Schneewehen, die sie aufnahmen wie große weiche Kissen.

Emilie blickte noch ein letztes Mal lange und voller Liebe auf Michi, der wie ein schlafender Engel in der Truhe lag. Sie sprach in flüsterndem Ton, der sanft und voller Hingabe war: »Nun bin ich bald bei dir, Max, mein Eisprinz.«

Die Amtsärztin erreichte die Siedlung »Am Hasenhümpel« heute nicht mehr. Ihr Wagen war auf spiegelglatter Fahrbahn zwischen Klütenmoor und Klein-Düwelsfleth von einem entgegenkommenden Räumfahrzeug zusammengestaucht worden wie eine Ziehharmonika. Nun saß die Frau Doktor mit Schleudertrauma und Halskrause am Wohnzimmerfenster. Die Dämmerung setzte ein, während die Hölle aus Eis und Schnee dort draußen jedes Leben zu verschlucken schien.

Als am nächsten Tag weder die Sozialarbeiterin Beate Reeper noch der Polizist Heinz Dustermeier in ihren Büros erschienen, machten die Kollegen den wütenden Wintersturm dafür verantwortlich. Weil auch am folgenden Tag beide nicht telefonisch erreichbar waren, bahnten sich Dustermeiers Kollegen schließlich den Weg zur Wohnung der Rentnerin Emilie Fuchs.

Man fand die Vermissten in einer fast zwei Meter hohen Schneewehe auf dem Balkon. Der eisige Wind hatte auch den letzten Funken Leben aus ihnen herausgepeitscht. Beide waren komplett angekleidet und sahen sehr friedlich aus. Zwischen ihnen, mit einem eingefrorenen Lächeln auf den Lippen, die zierliche

Wohnungsinhaberin Emilie Fuchs, die sich jedoch im Unterschied zu den Kollegen noch kurz vor ihrem Tod - wie es Erfrierende tun - das altmodische Abendkleid vom Körper gerissen hatte.

Beim Durchsuchen der Wohnung entdeckte die Spurensicherung auch noch den Leichnam von Michael Fährmann, der, umkränzt von Silberfolie und Spiegelscherben, in einer handelsüblichen Tiefkühltruhe lag. Er musste etwa ein Vierteljahr vor den drei anderen aufgefundenen Personen erfroren sein. Lange rätselten die Ermittler, was in dieser Wohnung vorgefallen sein könnte. Einiges sprach für einen Ritualmord. Bei der Obduktion wurden Reste eines Betäubungsmittels gefunden, während Abschiedsbriefe oder sonstige Hinweise auf einen kollektiven Selbstmord fehlten.

Es blieb ein bizarrer und ungelöster Fall. Der später in Groß-Düwelsfleth ermittelnde Kommissar Oskar Flachmann erfuhr damals aus der Presse davon. Während des strengen Winters 1979/1980 hatte er in Garmisch-Partenkirchen seinen Dienst als Gebirgsjäger abgeleistet. Die künftige Kommissarin Svenja Erlenbrook bekam an dem Tag, als die Akten über die sogenannten »Eismorde« geschlossen wurden, gerade ihren ersten Zahn.

Nachschlag

Als die junge Frau die Wohnküche betrat, stand die Alte mit gebeugtem Rücken vor dem Herd. Deutlich war ihr lang gezogenes Schlürfen zu hören, das sich mit dem Ticken der Küchenuhr mischte.

»Na, sach ich doch, geht doch! Da muss nich immer so 'n Exotenkram in die Suppe. Nich dieses ganze Grünzeuchs, Koriander oder Zitronengras, wie das alles so heißt. Gras gehört nich in eine ordentliche Suppe, das fressen hier bei uns nur die Kühe. Aber diese Suppe, jou, die würde mein Herbertchen auch mögen.«

Das Schlürfen wurde nun von einem tiefen Seufzer abgelöst. Die Alte am Herd schien wieder einmal mit ihren Gedanken überall zu sein, nur nicht in der Gegenwart.

»Ja, mein Herbert, mein Junge, morgen würde er zweiundfünfzig Jahre, wenn nicht ...«

»Ja, Mutter, ich weiß!«, sagte die zierliche Frau mit dem lackschwarzen Pagenkopf, die nun auch nah an den alten, mit Holz befeuerten Küchenherd getreten war. Die Bemerkung, dass ein erwachsener Mann kein Junge mehr ist, schluckte sie herunter, auch wenn ihr der Satz auf den Lippen brannte. Ein Mann war ein Mann. Da konnte sich die Alte mit »mein Junge, mein Herbertchen« einreden, was sie wollte.

Auch wenn der Ton der Jüngeren freundlich klang, spürte sie eine nur zu vertraute Wut vom Bauch bis in den Hals hinaufsteigen. Eine Wut, die ihr manchmal die Luft zum Atmen nahm. Und da war auch wieder dieser stechende Schmerz im Oberbauch, der immer häufiger kam, sobald sie mit Meta Öllermann, der Mutter ihres vor drei Jahren verstorbenen Mannes, zusammentraf. In einem gemeinsamen Haushalt mit nur einer Küche trifft man sich oft. Jeden Tag. Morgens, mittags und abends.

»Ist die Lütte auch pünktlich zum Kindergarten gekommen?«, fragte die Alte jetzt.

»Ja, Mutter, ich bringe Lilly doch immer zeitig. Das weißt du doch.«

»Fragen hat noch nie geschadet«, gab die Alte mit fettigem Mund eine Spur zu scharf zurück. Auf dem Herd simmerte leise ein großer Topf mit Hochzeitssuppe. Für morgen erwarteten sie Besuch: Anneliese aus Swattenmoor, die jüngste Schwester der Schwiegermutter, und deren ledige Tochter Elfi aus Klein-Düwelsfleth waren zum Abendessen eingeladen. Genau wie Erna, Gerda und Käthe, die alten Freundinnen aus der Hauswirtschaftsschule in Groß-Düwelsfleth.

Seit Herbert nicht mehr lebte, veranstalteten sie an seinem Geburtstag immer ein Gedenkessen mit seiner letzten Mahlzeit: Hochzeitssuppe. Dieses Gericht, das den Menschen hier im Norden in allen Lebenslagen Leib und Seele zusammenzuhalten scheint.

Und auch Manfred von Schassen, den alle nur Schassi nannten, würde dabei sein, weil er doch Herberts bester Freund gewesen war. Bei dem Gedanken an Manfred krampfte sich der Magen der jungen Witwe erneut zusammen. Ist man ein richtiger Freund, wenn man ständig zum Saufen einlädt? Wenn man dem anderen unentwegt Korn eingießt, obwohl die Stimme schon lallend ist und die Beine wegknicken? Was um alles in der Welt war schön daran, wenn man die Bude vollkotzte und anschließend der Länge nach umfiel? Ohne Schassi und die elenden Sauftouren wäre Herbert vielleicht noch am Leben.

Schließlich war es Manni gewesen, der in der fraglichen Nacht zusammen mit Herbert auf die Schwebefähre getorkelt war, die nur ein paar Schritte vom Haus entfernt in ihren hohen Führungsschienen über dem Fluss hing. Die beiden Männer kannten die alte Fähre an der Oste seit Kindertagen, waren sogar heimlich auf ihr herumgeklettert. Wie magisch hatte diese beeindruckende Eisenkonstruktion sie angezogen. So ein gigantisches Verkehrsmittel, so einen »Eiffelturm des Nordens«, gab es eben nicht an jeder Ecke. Die paar Exemplare, die noch über die ganze Welt verteilt stehen, kann man an zwei Händen abzählen.

Noi hatte den Fluss vom ersten Tag an geliebt, er war ihr stummer Freund, seit sie in Herberts Elternhaus gezogen war. Zu Hause, und das war ein kleines Dorf in Thailand, ja, da hatte sie auch direkt am Fluss gelebt. Zumindest so lange, bis sie sich hatte überreden lassen, als Kindermädchen in Phuket bei einem Franzosen zu arbeiten. Schon am dritten Tag aber hatte sie schmerzlich begriffen, dass es bei dieser Arbeit um etwas anderes ging als um das Hüten von Kindern.

Herbert war einer ihrer ersten Kunden. Sie war fast erstickt unter dem Gewicht seines bulligen Körpers, aber zumindest hatte er sie nicht geschlagen, sondern nur laut keuchend das getan, was sie, Noi, sich mit ihren fünfzehn Jahren so ganz anders vorgestellt hatte. Die nächsten zwei Wochen war sie nur für Herbert da gewesen. Der hatte dem Franzosen damals viel Geld dafür gezahlt. Am letzten Tag war Herbert dann mit einem anderen Deutschen aufgekreuzt. Die drei Männer hatten zusammengehockt, während Noi in einer Sofanische ihre Cola trank. Aber sie hatte nur ein unverständliches Kauderwelsch aus deutschen und französischen Wortfetzen mitbekommen.

Kurz vor Weihnachten hatte Herbert dann wieder vor ihr gestanden. In ihrem neuen Pass, den ihr der Franzose in die Hand drückte, war Noi jetzt schon 19 Jahre alt. Sie hatte es nicht gewagt zu fragen, warum.

Der Flug nach Deutschland war aufregend und schön zugleich. Immer wieder hatte es etwas zu essen gegeben. Sie hatte drei Filme gesehen und Nüsse aus kleinen Tütchen gegessen. Hin und wieder hatte Herbert sie liebevoll angesehen und mit seiner großen Hand ihren Oberschenkel getätschelt. Das alles lag nun schon mehr als sechs Jahre zurück. Noi hatte großes Heimweh.

»Was stehst du so in der Küche herum und träumst? Hast du die Wäsche zur Heißmangel gebracht? Die Treppe muss auch noch geputzt werden. Vom Herumstehen ist noch nie etwas fertig geworden.« Die Schwiegertochter nickte stumm und ging auf die Küchentür zu.

»Das würde Herbert freuen, dass du endlich mal eine richtige norddeutsche Suppe gekocht hast, ohne diesen ganzen asiootischen Kram. Warum nicht gleich so, Noi?«

»Ja, ich weiß, Mutter.« Mit unbeweglicher Miene verließ die junge Frau den Raum und schnappte sich den großen Korb mit der Wäsche, um sie mit dem Rad zu Hermine Ahlfs in die Mangel zu bringen. Als sie zurückkam, wischte die Alte gerade die letzte Stufe der steilen Holztreppe.

»Aber Mutter, das hätte ich doch ...« Weiter kam sie nicht, denn schon war ihr die Alte ins Wort gefallen.

»Ja, hätte, hätte, hast du aber nicht. Ich muss hier sowieso alles alleine machen. Oder hast *du* etwa die Suppe in den Kühlschrank gestellt? Hä, das war doch wohl *ich*, weil *du* ja wieder in der Gegend herumgeradelt bist.«

»Ja, aber ...«

»Nichts ja aber! Mein armer Jung' hätte sich doch lieber eine von hier nehmen sollen!« Nois Kehle schnürte sich zusammen, die Knie wurden ihr weich. Jetzt nur keine Schwäche zeigen.

»Ja, vielleicht hast du recht, Mutter. Ich wäre auch gerne ...«

»Was wärst du gerne? Geht es dir hier etwa nicht gut? Was willst du damit sagen?« Wütend klatschte die Alte nun den nassen Feudel aufs Holz. Dann begann sie wie wild zu reiben, obwohl die Stufe längst sauber war.

Als Noi die Tür des großen Kühlschranks in der Speisekammer öffnete, fand sie den Zehnlitertopf mit der Rinderbrühe auf der unteren Ablage. Vorsichtig zog sie den schweren Topf nach vorne, dann füllte sie einen mittelgroßen Gefrierbeutel mit der noch lauwarmen Brühe. Bevor sie diesen Beutel fest zuband, steckte sie eine massive alte Metallkelle hinein, die sie in der hintersten Ecke der Besteckschublade gefunden hatte. Unten im Keller in der großen Gefriertruhe war Platz genug, um den mit Suppe gefüllten kleinen Sack inklusive Löffel in einem aufrecht stehenden Plastiktopf zu einem harten Klumpen gefrieren zu lassen.

Danach machte sich Noi fröhlich an die restliche Hausarbeit. Selten war ihr das Fensterputzen so schnell von der Hand gegangen.

In der Nacht, genauer gesagt gegen Mitternacht, hörte sie die Hintertür, die zur Wasserseite ging, ins Schloss fallen. Jetzt war es endlich so weit! Kein Auge hatte Noi bis zu diesem Moment zugetan. Schnell schlug sie die Bettdecke zurück. Sie war komplett angezogen. Über ihrem dünnen Schlafanzug trug sie einen von Herberts dicken alten Pullovern. Auch eine ausgebeulte Cordhose hatte sie aus der Truhe auf dem Dachboden hervorgekramt. Mit keuchendem Atem und heftigem Herzklopfen setzte sie sich nun die schwarzblaue Wollmütze ihres verstorbenen Mannes auf den Kopf. Alle Kleidungsstücke waren viel zu groß und schlabberten an ihrem mageren Körper, aber darauf kam es jetzt nicht an.

Bevor Noi das Haus durch die Hintertür verließ, ging sie mit festen Schritten in den Vorratskeller. Der Suppenbeutel mit dem festgefrorenen Schöpflöffel löste sich schnell unter dem Strahl des Wasserhahns aus dem Plastiktopf.

Wie eine vor Gram gebeugte Skulptur stand die Alte auf dem äußersten Rand der Schwebefähre. Nebelschwaden stiegen vom Fluss auf. Genau an dieser Stelle war Herbert vor drei Jahren sturzbetrunken in die dunklen Fluten der Oste gestürzt. Manfred von Schassen, den alle nur Schassi nannten, war selbst viel zu blau gewesen, um seinen Freund zu retten.

Leise schlich Noi mit der hart gefrorenen Suppenkeule in der rechten Hand von hinten an die Alte heran. Dann sagte sie mit tiefer Stimme unter der jetzt bis zum Kinn heruntergezogenen Mütze: »Mudders, nu hol' ik di!«

Die Alte drehte sich zu Noi um und krächzte entsetzt: »Herbert, mein Junge, *du*? Wo kommst du …« Aber da holte die junge Frau auch schon mit aller Kraft aus, um mit dem eisigen Klumpen auf den Schädel ihrer Schwiegermutter zu schlagen. Die alte Frau, die immer noch dicht an der Kante der Fähre stand, verlor das Gleichgewicht und fiel fast geräuschlos ins Wasser.

Noch in der Nacht schleppte die junge Thailänderin den schweren Suppentopf zum Herd und versenkte das tiefgefrorene Mordinstrument in der kalten Brühe. Als Noi am nächsten Morgen bei der Polizei anrief, um mit großer Bestürzung zu melden, dass ihre Schwiegermutter wie vom Erdboden verschwunden sei, köchelte die Hochzeitssuppe bereits leise vor sich hin und der fettige Beutel war schon unterwegs zur Mülldeponie.

Meta Öllermann wurde im Wasser der Oste und im nahe gelegenen Moor gesucht, aber es fanden sich keinerlei Spuren oder Hinweise auf den Verbleib der Alten. Vielleicht lag das an den extralangen Räucherstäbchen, die Noi noch in der Mordnacht am Fenster zum Fluss hin abgebrannt hatte. Es ging das Gerücht, dass die Alte seit Herberts Tod schwermütig geworden war. Man befürchtete das Schlimmste.

Trotzdem erschienen am Abend alle Gäste wie geplant zum traditionellen Gedenkessen an Herberts Geburtstag. Zwar stiller als sonst, aber genauso hungrig wie immer. Schassi, der eigentlich Manfred heißt, beendete das unsichere Schweigen. »Jou, nu haut man rein, vom Hungern kommt se auch nich wieder. Womöglich steht se morgen wieder auf der Matte.« Da begannen die Löffel zu klappern, die Gäste nickten zustimmend und griffen beherzt zu. Noi bekam viel Lob für ihre vorzügliche Hochzeitssuppe. »Mädchen, du kannst ja kochen wie eine von hier.« Und nach trostreichen Worten der Anteilnahme zum plötzlichen Verschwinden der Schwiegermutter verabschiedete sich als letzter Gast der Herr Pastor mit einer Tupperdose voller Suppe im Fahrradkorb.

Monate später hat man dann Meta Öllermann, vielmehr das, was die Oste-Aale von ihr übrig gelassen hatten, bei Otterndorf im Schilf gefunden. Pastor Rosenstiel predigte mit donnernder Stimme und erinnerte die versammelte Gemeinde daran, nicht über diejenigen zu richten, die selbst Hand an sich legen. Das sei einzig und allein Sache des Herrn.

Im Herbst hatte Noi endlich alle Formalitäten geregelt. Als Alleinerbin eines stattlichen Anwesens muss sie nicht länger auf jeden Pfennig achten. Zum ersten Mal wird sie mit Lilly für acht Wochen zu ihrer Familie nach Thailand fliegen. Und Manfred, den alle nur Schassi nennen, der wird bei ihr immer einen Teller Suppe bekommen. Gerne mit Nachschlag, mehr aber auch nicht.

Die Autorinnen

Hedi Büttner (vorne) und Renate Kiekebusch

Hedi E. Büttner, Jahrgang 1948, Kinderjahre in einer südwestfälischen Dorfschule. Lebt seit 1977 als »Zugereiste« im Norden. Klosterschule, Ausflüge in die Welt einer Kellnerin und das deutsche Beamtentum schärften früh den Blick fürs menschliche Miteinander. Es folgten eine Landarztpraxis und das Universum antiker Uhren. 1978 Gedicht-Veröffentlichung. Schreiben, (Vor)Lesen und Reisen in nahe, ferne und ganz ferne Ecken sind ihre liebsten Beschäftigungen.

Renate Kiekebusch, Johrgang 1961, opwussen in't »natte Dreieck«, leevt un arbeid as Bökerhökersch bi Stood, schrifft plattdüütsche Kolumnen un Böker op Platt un Hoch und tingelt mit Plattdüütsch dör de Gegend. Se reist un leest giern, hett op de oolen Doge noch anfungen mit Rieden, hett over noch jümmer keen Peerd.

Danksagung

Danke sagen möchten wir ...

unseren Lektoren, Daniela Frankenstein und Jörn Knabbe, für die schnelle und umkomplizierte Zusammenarbeit, es war sehr angenehm und wir sagen: »Gerne wieder!«

Dank auch an Peter Fischer, mit dem wir über unsere Ideen bezüglich des Covers reden durften und der diese wunderbar umgesetzt hat.

Danke an alle »Unterstützer«, in welcher Form ihr auch immer dazu beigetragen habt, unsere Veranstaltungen – und damit auch dieses Buch – möglich zu machen. Ganz besonders erwähnen möchten wir hier das Team der »Wehler Deel« in Fredenbeck-Wedel, die uns lesen ließen, ohne ein einziges Wort von uns zu kennen!

Danke an alle, die mit uns bisher so viel Spaß hatten!

Hedi E. Büttner & Renate Kiekebusch

Renate Kiekebusch

Düdenbüttel is överall

Landleben twüschen Tupperobend un Männerstrip

104 Seiten,
19,5 x 11 cm, gebunden
Mit 21 Teknungen vun
Peter Fischer
ISBN 978-3-86108-099-2

9.90 €

Düdenbüttel is överall! Düdenbüttel gifft dat wirklich, over düsse Geschichten köönt överall passeern! De Plattschrieverin Renate Kiekebusch vertellt vun dat tücksche dagdägliche Leben mit de Familie un op Reisen, vun Tupperobende, Männerstrip un vun den Wachtelkönig, de noch nümms sehn hett.

Renate Kiekebusch

Fix wat los in Düdenbüttel

112 Seiten,
19,5 x 11 cm, gebunden
Mit 35 Teknungen vun
Peter Fischer
ISBN 978-3-8378-7004-6

9.90 €

Hohe Spritpriese, keene Geschenke to'n Mudderdag un al wedder een poor Pund mehr op de Woog? Woans ward een 950-Johr Fier in Düdenbüttel op de Been stellt un wat mookst du wenn bi't Wiehnachtsbacken allens malöört? Een kunn sik den ganzen Dag argern – mütt'n over nich!
Renate Kiekebusch vertellt in ehr tweetet »Düdenbüttel«-Book över dat wohre Leven op'n platten Land – Geschichten, de du gewiss ook beleevt hest!

Renate Kiekebusch

Düdenbüttel – mütt'n mol sehen hebben!

Landleben twüschen Facebook un Familienkalenner

96 Seiten,
19,5 x 11 cm, gebunden
Mit 12 Teknungen vun
Peter Fischer
ISBN 978-3-8378-7016-9

9.90 €

Düdenbüttel? Düdenbüttel gifft dat wirklich, dat liggt teemlich genau in de Mitt twüschen Büttenwarder un Büllerbü, meent Renate Kiekebusch. Eegentlich gifft dat över dat lütte Dörp nich veel to vertellen. Doch wokeen Oogen un Ohren opmokt, de kann ok hier veel beleeven! Renate Kiekebusch vertellt över de freewillige Karkhoffspolizei, de dösigen Pappbekers mit den »Coffee-in-Lopen«, den Arger mit de veelen Telefonhotlines, Sloopforschung, Miegepatzen un över de leeven Göören, de jemehren eegen Kopp hebbt.

Heinrich Hannover

Dat Pierd Huppdiwupp

80 Seiten,
20,5 x 11,5 cm, gebunden
Mit 17 Teknungen vun Stefanie Matz
ISBN 978-3-8378-7007-7

9.90 €

De Stierns danzen in Öllermoders Goorn, dat Christkind hett sik to Wiehnachten dat Been braken, Lies und Len swemmen in de Bawann de Strot längs un ok dat Pierd Huppdiwupp hüppt nu endlich op plattdütsch öwer Grotmudders Hus! Von all dat un anneren Abenteuern vertellt Heinrich Hannover in dese Bauk för Kinner un deren Öllern, de sine Geschichten schon von ehre Kinnertied kennen.

Willi Rolfes – Heinrich Siefer

Land so wiet

Dat Ollenburger Münsterland in Riemels un Geschichten

144 Seiten,
27 x 23 cm, gebunden
Mit Biller van Willi Rolfes
ISBN 978-3-8378-5031-4

19.90 €

Dat Thema Heimat is up Stäe hoch in Tell. Tau Heimat hört uk Biller, de us glieks dör 'n Kopp – dör 't Harte – gaoht, wenn wi dor an denket: Wulken, de äöwer Land trecket; wieden Häwen; wietlöfftig kieken käönen äöwer greunet Land, dat wiede Moor. Man tau Heimat hört uk Spraoke. Un dat Besünnere in 't Ollenborger Münsterland is, dat de Lüüe dor nich bloß eine Spraoke schnacket, prootet, küert of balet. Dor giv dat glieks drei Spraoken, de den Dag över bruuket wedd: hochdüütsch, plattdüütsch, seeltersk. Mit Spraoke ligg us Heimat up de Tungen. Dit Bauk mit de mojen Biller van den Naturfotografen Willi Rolfes wieset us ein Stück Heimat, wieset us over uk de besünner Klöörn van de plattdüütschen un saoterfreisken Spraoke.